光文社文庫

# ブラックウェルに憧れて

## 四人の女性医師

南　杏子

KOBUNSHA



光　文　社

# 目次

エリザベス・ブラックウェル
Elizabeth Blackwell
(1821 ～ 1910)

世界で初めて医師として認められた女性。イギリス生まれ。

11 歳で家族とともにアメリカへ移住した後、1849 年にジェニーバ医学校で、女性として初めて医学学位を取得した。パリ、ロンドン、ニューヨークなどで数多くの患者の治療に当たったほか、ニューヨーク病院附属女子医学校やロンドン女子医学校を設立し、現代に続く女性医師の未来を切り開いた。

# プロローグ　求められた証言

――二〇一八年八月

午前十時の時点で、東京都心の気温は三十五度に達しようとしていた。

ここ中央医科《ちゆうおういか》大学は、芝《しば》公園の森陰を抜けた風がときおり涼を運んでくれる好位置にある。ただ、その恵みが届くのは附属病院の正面玄関まで。病院の裏手に立つ大学の講義棟や研究棟にご利益がもたらされることはなかった。

幸いなことに、城之内泰子《じようのうちやすこ》が教授を務める解剖学教室は講義棟の地下にあった。同じフロアにある教授控え室も空調の効きは十分で、寒いほどだ。なのに、この日の訪問者にとってはそうでもないらしい。

目の前のソファーに座る記者は、汗の粒を額にびっしりと浮かべ、さっきから扇子をせわしなく動かしている。

「そういうわけで城之内先生、今月はじめに発覚した医学部の不正入試問題は、女子学生を一律減点する措置を続けてきた東都《とうと》医科大学にとどまらず、全国各地の大学へ飛び火する勢いです」

泰子は、テーブル上の名刺にもう一度視線をやった。

「大日《だいにち》新聞東京本社『月刊証言者』編集部　記者　原口久和《はらぐちひさかず》」

泰子は慎重に言葉を選ぶ。

「原口さん、私は入試委員会のメンバーではありませんが……」

実際、泰子は過去にさかのぼっても委員の正式な指名を受けたことはない。基礎系の教授は学長直属の入試委員会メンバーにならないのが、中央医大の慣例だった。

「存じております。先生にお聞きしたいのは、貴学の入試に関する話ではありません。そっちの方については、ウチも社会部が取材を続けていますので」

記者の口からは、仁天堂《じんてんどう》大学、聖母《せいぼ》マリア医科大学、同和《どうわ》大学の医学部入試に関するさまざまな疑惑が語られた。女子学生を極端に不利にする得点調整、多浪生に対する減点措置、同窓生の子弟を優遇する方略……。いずれも「大学当局に確認中」という断りつきの未確認情報だった。

「では一体、私に何をお尋《たず》ねになりたいのでしょう？」

原口という記者は、泰子の問いに汗を何度も拭った。

「この問題、私は非常に深いルーツがあると見ています。それを明らかにしたく、基礎系、臨床系を問わず、全国の医学部で教鞭《きょうべん》を執られている数多くの女性教官に、取材協力をお願いしています」

記者の意図が見えてきた。泰子の表情に意を強くしたのか、原口はいきなり扇子の親骨をソファーテーブルに打ちつけた。

「なぜ女性医師は声を上げないんですか！　先生方は、現状に甘んじていらっしゃるわけですか！」

それが記者の挑発であることは分かった。だが、泰子は自分の唇が震えるのを抑えられなかった。

「首都圏のとある大学の医学部では、入試における男女の人数調整は一九五〇年代から脈々と引き継がれてきた、とも耳にしました。学生の側も大学当局も、それを当たり前のことだと放置してきた節がある。この世界だけ、命に直結する医療の分野だけ、どうしてそんな不公平と不公正がまかり通って来たのでしょう」

原口の策略に乗ってはいけない——泰子は冷静になろうと努めた。そして、ゆっくりと口を開く。

「不公平と不公正――つまり医療の世界にも男女差別があるというのは、原口さんのご指摘の通りでしょう。ならばなぜ、女性の私に尋ねるのでしょうか。差別される側ではなく、差別する側の人間にこそ責任があり、そちらを糾弾するのが筋ではありませんか？」

原口は扇子をバタバタと、耳障りなほど激しく動かす。

「いきなりの質問で失礼いたしました。城之内先生、これは糾弾ではありません。私はただ、現実を知りたいのです。長年にわたる女子差別が露見する中で、医学部に入学し、卒業して医師となった女子学生たちが、どのようなキャリアプランを掲げ、どのような思いで医療の道に踏み出し、それぞれに闘っているのか……。成功をおさめた方ばかりでなく、挫折を経験した方や、深い絶望から立ち直れなかった方もおられるはずです」

成功、挫折、絶望――。泰子は、ちりばめられた言葉をかみしめた。エアコンの風向きが変わり、鳥肌が立つ。

「城之内先生ご自身のキャリアに関するお話も含めて、何人か卒業生をご紹介いただければ大変にありがたいと願っています」

泰子はソファーから立ち上がり、記者に背を向けた。拒絶の意思を示したわけではない。むしろ逆だった。研究室の壁を埋めるスチール製の書架へ足を進め、「白菊会《しらぎくかい》」の年次報告書を並べたコーナーの前に立った。

泰子の指先は、年次報告書の一九九六年度版から一九九九年度版の間を行き来した。

約二十年前の記憶がまざまざとよみがえる。

忘れることはない。一九九六年に四十一歳で教授になり、大学執行部と学長の命に従い、医学教育の理想を追究し、自分の考えで解剖学教室を運営してきた。数多くの、さまざまな学生たちと出会い、指導してきた。

その過程では、弱者と強者が生まれ、不公平と不公正のはざまで苦しみもがく者もいた。

何人もの顔が浮かび、消えていく。

目の前に座る記者の顔を見ながら、泰子はある意味、快哉《かいさい》を叫びたい思いだった。

今、ようやく強者が弱者に耳を傾け始めたのだ、と。

女であり、医師であるということで、どんな日々を過ごしているのかを彼らに語ろう。

泰子は結局、年次報告書の一九九八年度版を引き抜いた。

「分かりました。では順番に行きましょう。私が教授になったのは一九九六年一月。中央医科大学で初めての女性教授でした。この年報に書きましたように、准教授――当時は助教授でしたが――からの昇進でした」

突然、ストロボがたかれた。インタビューが始まったようだ。

泰子は、年次報告書をテーブルの上に置いた。表紙の写真は、菊の祭壇の写真だ。冊子を繰り、自身の書いたページを開く。

◇

中央医科大学　白菊会の皆様へ

平素よりご厚情を賜り、誠にありがとうございます。

解剖学教室の城之内でございます。まずは本会会員の皆様へ謹んでご挨拶申し上げます。

改めて申すまでもございませんが、当教室は医学部二年生を対象に解剖学実習を行うことを大きな任務としております。将来医師となる若き学生たちにとりましては、基礎中の基礎となる知見を得る場です。

皆様からのご献体に支えられる実習を通して、学生は教科書で学んだ人体の構造を三次元的に理解します。これにより、患者さんの体の表面を見、触れただけで、その体の奥で何が起きているかを類推する力が研ぎ澄まされるのです。実習に際しては、解剖の各過程でスケッチや口頭試問などを学生たちに課し、医師国家試験にも通用する細やかな指導を心がけております。

恒例によって本教室では、解剖学実習終了後に主任教授が行う口頭試問等で優秀な成績をおさめた学生四人に、「白菊会優等賞」を贈呈しています。本年度は、長谷川仁美《はせがわひとみ》、坂東早紀《ばんどうさき》、椎名涼子《しいなりようこ》、安蘭恵子《あらんけいこ》の四名の女子学生が選ばれました。白菊会優等賞の受賞者が全員女子だったのは、本年が初めてです。

さて、解剖学実習は、医学的知識を得るだけにとどまりません。この実習を通じて医学生は、「患者さんから教えて頂く」という初めての体験をするのです。

患者さんあっての医師である――医師となったからには、それを生涯、心に刻んで生きてゆかなければなりません。実習は、その第一歩となります。

皆様の篤志《とくし》に応えられますよう、各学生を優秀な医師に育てあげることを目指し、今後も教室運営に尽力することを誓い、本年度の報告に代えさせて頂きたいと思います。

中央医科大学解剖学教室主任教授　城之内泰子

# 第一章　四人の再会

「なぜ、あなたは医学を勉強しないの？」

（死に瀕《ひん》した友からブラックウェルがかけられた言葉）

――二〇一八年七月

「個室かあ、ぜいたくだなあ」

蒲田記念《かまたきねん》病院の七階にある病室の入り口で、坂東早紀が甲高い声を上げた。

大田区蒲田は古い商店街の多い庶民的な町というイメージが強いが、ここの窓からは、JRと東急《とうきゅう》の二社三路線が乗り入れる大型の駅ビルを中心に、繁華街が東西へ広がる風景を一望できる。バブル期の面影を残す区役所庁舎や区民ホール、大理石の床にガラス張り二十階建ての大学校舎といった存在感あふれる建築物も加わり、壮観な街並みを成している。

「でも、思ったより元気そうでよかった」

「わざわざ来てくれてありがとう」

ベッドに横になった椎名涼子が、ひらひらと手を振った。

「だけど職場で倒れるなんて。今の仕事、いつまで続ける気よ」

長谷川仁美が、フェラガモのパンプスの軽快な音を立ててベッドに近づいた。黙っている涼子の顔をのぞき込み、黒地に金模様の紙袋を掲げる。

「まあ、好きにすればいいわよ。はい、お見舞い」

「わあ、水ようかん！　ありがとうね」

涼子が相好《そうごう》を崩し、両手を伸ばした。

「いつも元気な涼子が倒れたなんて、驚いたわ」

壁際に立った安蘭恵子がふっくらとした顔をくもらせる。

「当直が続いたりして疲れたのかも。みんな、忙しいのにありがとう」

寝巻き姿の涼子は、ゆっくりと体を起こした。前髪にほんの少し白い毛が混じっている。

七月に入って涼子が勤務先の病院に入院したというニュースは、涼子自身がＬＩＮＥのグループにアップした病室での自撮り写真で判明した。さっそく恵子が中心となってスケジュールを合わせ、週末の休みに見舞いに来たのだ。

暑い一日だった。真夏日の予報に、風は朝からそよとも吹かない。駅からの道のりで、わずかに涼しさを感じさせてくれたのは、病院の正面玄関に並んだ七夕の大きな飾りつけくらいだった。

　もともと中央医科大学の同級生で、二年次の解剖学実習で同じ班だった。ときどき四人はＬＩＮＥで連絡を取り合ってはいたが、こうして集まるのは半年ぶりだ。今年で、全員が四十歳の大台に乗った。

「無理しないで。まだ目まいがあるんでしょ？」

　恵子が、起き上がろうとする涼子をあわてて止めた。

「大丈夫。あ、飲み物があるから、好きなのをどうぞ」

　涼子が、ベッドサイドの冷蔵庫とコーヒーマシンを指した。

「すごい。これって、アイスコーヒーも作れるんだ。ジュースの方は、マスカットにブルーベリーか」

　早紀が冷蔵庫の前でしゃがみこみ、メガネに手を当てる。

「こんなにたくさん、いいね」

　結局、早紀はブルーベリージュースを一本抜き取った。

「医局からの差し入れよ。見るたびに早く仕事に戻れっていうプレッシャーを感じるから、全部持ってっていいよ。自分が勤めている病院に入院するって、ホント、落ち着かない」

力なく笑う涼子の隣に、恵子がパイプ椅子を引いて陣取った。

「職場で大事にされてるって、いいことじゃない。涼子は頼りにされてるのよ」

「まあ、シフト要員として当てにされているってことね。でも、それを言えば恵子の方がすごいよ。新生児科の副部長になったって聞いた。おめでとう」

「十年も働いてるからね。やっと、よ。それより今、子供が三歳で大変なのよ。仕事も家もタスクが多すぎて、毎日何かに追われている気分。夫が手抜き家事に文句を言わないから何とかもってるけど」

恵子が、ノースリーブからはみ出た白い肩をすくめる。

涼子は恵子の腕を軽くパンチした。

「それって、のろけ？」

「つらいなら、フリーになれば？」

早紀が、なぜそうしないのかという調子で言った。

「あなたみたいにはできないって。私だって、こんなことになっても病院を離れてやっていく勇気は出ない」

涼子が寝巻きの前を合わせ、ため息をつく。仁美がうなずいた。

「確かに早紀は、超人的よね。医学部時代に翔《しょう》君を産んで、勉強は子育てしながらだったというのに、成績優秀でテストも国試もそつなくクリア。大学病院でも循環器内科医としてバリバリ仕事していた。それを五年であっさり辞めて、今はフリーで健康診断医かあ。人生を思い通りに泳いでる」

早紀が手を左右に振る。

「やめてよ、思い通りなんて程遠いわ。健診がどんな仕事か分かってるくせに。最前線に立つことより、ワークライフバランスを大事にしただけ」

「いやいや、健診は最前線だよ。病気にさせない医療こそ、本来、医学がめざすべき道だもん」

「仁美はどうなの？　中央医科大学の『女神の手』って呼ばれてるらしいけど」

早紀の問いに、仁美がくすぐったそうに笑う。

「まあね、白内障のオペは、超うまいよ」

「カッコいーい」

涼子が手をたたく。

「実はね、次の異動でオペチームのリーダーになりそうなの」

仁美は、いくぶん誇らしげに言った。

「すごいじゃん！」

早紀が素直にほめる。

「結婚する気はないの？　妊娠可能な時期はリミットが……」

恵子に無遠慮に尋ねられ、仁美は引きつった笑顔で遮《さえぎ》った。

「カンベンして。親から電話のたびに地元のボンボンと縁談をすすめられて、参ってるんだから」

「クリニックを継いでほしいんだよ。実家がある人はいいなあ」

涼子がうらやましそうな声を出す。

学生時代から、ずっと続いたいつもの話題が巡る。話題は医師としてのキャリアと、家庭と、そのバランスと――。

早紀が「でもね――」と三人を見回す。

「私たちは、まあまあうまくやっている方だよ」

これも、いつもの結論だった。

皆が静かにうなずき合ったところで、仁美が思い出したように言う。

「そうそう、今日は中央医科大学《ウチ》のオープンキャンパスの日だよ。朝、出がけに病院に顔出したら、ものすごい数の親子連れが来てた。どう見たって小学一、二年生って子もたくさん。あんなころからお尻たたかれたら大変だね」

「私たちが医学部受けたのって、何年前だっけ？」

「あなた、何回目の受験のこと言ってんの？」

仁美と恵子の話が、もつれ合っている。

「四人に共通するのは、一九九六年二月の一般入試不合格、翌九七年に合格――」

こういった事柄の整理は、早紀が得意だ。

「……で、涼子は九五年もウチの入試受けたんだよね？」

「はいはい。みんなは一浪、あたしだけ二浪ですよ」

これも、涼子の隠れたコンプレックスを刺激するいつもの話題だった。

「まあ、よく受かったよ。受かってよかったよ」

早紀が過去を懐かしむ表情になる。

「入ってからが大変なのにね……」

そう言って恵子は腕組みをした。

「出てからも大変だよ。だから私たち、会いたくなるのかもね」

涼子のつぶやきに、ほかの三人もハッとした表情になる。

性格的には共通項の少ない四人だった。何事にも一生懸命で少しムキになる仁美、マイペースで頭のいい早紀、おしゃべりだけど気の利く涼子、ふんわりとした雰囲気で少し要領の悪い恵子。興味の対象もそれぞれ違い、医学部卒業後は異なる分野に進んだ。医学部二年の解剖学実習で同じ班になるというきっかけがなかったら、ほとんど話もしなかっただろう。

「不思議だよね、私たち四人って。専門もバラバラなのに」

涼子がしみじみと言う。

「ほんと。臨床実習の班や部活もあったけど、こんなに会い続けているグループはないよ」

仁美の言葉に、早紀が表情を崩した。

「私も、年に一度はみんなに会いたくなる。研修医でバカみたいに忙しかったときも、家が大変だったときも」

「ここでしか言えないことがある。ううん、ここでなら言わなくても分かってもらえる気がする」

恵子の言葉に、皆がほほえむ。

これまで四人は会い続けてきた。医師国家試験のために寸暇《すんか》を惜しんで勉強していたときも、大学卒業後、研修医となって馬車馬のように働かされていたときも、それぞれの専門の道に進んで公私ともに接点を見いだしにくくなってからも、人生にそれなりの転機が訪れたときも。年に何度も連絡を取り合い、無意識に支え合ってきた。それはきっと、これからも——。

# 第二章　アイ・スペシャリスト――仁美

「我々の困難な職業に身を捧げようという、
あなたの高邁《こうまい》な決意には敬意を表しますが、
あなたに助力することはできません」

（ある医学校の学長の言葉）

――二〇一八年九月

午後三時から眼科の医局会が始まる。長谷川仁美は、気がせいていた。中央医科大学附属病院の地下カンファレンスルームへと続く階段を駆け下りる。白衣の下で勝負服、真紅のワンピースの裾が見え隠れする。

夏休み期間が明けた、九月第一週の水曜日だった。室内には、すでに四十人近い医局員が席に着いている。普段はこれほど集まらないが、今日は特別だ。十一月一日付の医局人事が発表される予定だった。

ここにいるのは全員が眼科医だ。男性医師が七割強、女は三割を少し下回る。臨床分野は男女を問わず、それぞれに専門を持つ。白内障や緑内障、角膜や網膜の疾患、外傷、感染症など多岐にわたる。

仁美は、科内最大のグループである白内障の外科手術班《オペチーム》に所属していた。来年からアメリカへ研究留学に出る上田《うえだ》英人《ひでと》リーダーの後任人事も発表になる。

仁美にとって、白内障の手術は、おいしいごちそうのようなものだった。仕事そのものはまったく苦ではない。ただ、雑然とした医局の一角に小さな席を与えられ、個性の強い同僚たちと表面上、おだやかに過ごすのを求められる時間は楽ではなかった。ひどい肩こりのように、外からは分かりにくく、そして、決して消えてはくれない。

けれど、今日オペチームのリーダーになれれば、そんな苦しみからは解放される。いや、そう思ってこの十五年を耐えた。

「そろそろ会ってちょうだい。先方が是非あなたに会いたいと熱心なのよ――」

昨晩も、電話口でまくしたてる母の要求をきっぱり拒んだ。

医局会は毎回、オペの件数や治療成績の報告で始まる。そして検査費用や入院日数の抑制指示など、いつもの話が終了すると、主任教授から人事が発表される。

医師の出世とは、アカデミズムの世界で成功することだ。

その体現者が大学教授にほかならない。すぐれた研究を行い、成果を論文に発表して世界から注目される、あるいはその人でなければできない特殊な手術ができる――などによって、助教から講師、准教授、教授、主任教授へとステップアップする道が開ける。

大学教授へつながるコースにいる医師はステータスが高く、小さな病院にいくほどランクが低いと考えられている。こうした観点から医療機関を単純に分類すれば、ピラミッドの頂点に大学病院があり、中間に市中病院があり、末端には地域の診療所がひしめいている。

どんな職場もそうであろうが、ピラミッドの土台がしっかりしているからこそ、頂点に立つ者はセレクトした少数の患者だけを相手にゆうゆうと仕事ができるのだ。けれど、制度の土台となる一般の医療を下支えする医師に対する評価は低い。

医局を離れて中核病院へ移る医師や、上田ら海外留学する医師の名前が発表された。悔しさをにじませる者や、嬉しさを隠せない医師もいる。

さて、次は院内異動だ。いくつかの研究班の交流人事が告げられたのに続いて、それは読み上げられた。

「白内障オペチームのリーダーは、草野大志《くさのたいし》」

え？

仁美は、思わず声を上げそうになった。オペリーダー就任の挨拶まで考えていた。なのに、よりによって一年後輩の、オペが下手な草野が選ばれるとは。

――なぜ自分ではないのか。

蔵造りの町で文武両道を掲げる県立女子高に学び、仁美は早くから医学部に照準を合わせて受験勉強を開始した。

第一志望だった中央医科大学は、高三の秋から冬にかけて受けた模擬試験で三回連続「A判定」を得たものの、本番はあえなく不合格に終わった。あのときもショックだったが、反省点は多々あった。仁美は熟慮の末に自宅で浪人生活を送り、翌年は見事に合格を果たした。

埼玉県所沢《ところざわ》市のはずれにある自宅から都心の大学へ通学するのは苦にならず、往復の電車の中ではもっぱら勉強に時間を費した。おかげで医学部では、成績優秀の年間表彰を三度受けている。手先にも自信があった。その証拠に、二年生の解剖学では、仁美の班が「白菊会優等賞」をもらった。

実家が眼科の診療所だったため、初めから目の疾患に興味があり、卒業後はそのまま中央医科大学の眼科医局に入った。口にこそ出さないものの、胸の奥で大切にしている確かなプライドは、専門の知識と、もともとの興味と、研鑽《けんさん》を積んだ腕。医局の同期からも、仁美が真っ先に出世すると言われていた。それなのに――。

異動する医師らがそれぞれ、謝辞や抱負を語る間、仁美は少し離れた位置に座る草野の様子を盗み見た。人事はすでに知らされていたようで、驚きや緊張の表情はない。むしろ自信にあふれている。襟元には金色のネクタイが締められていた。

もっとびっくりするべきではないのか、と仁美は思った。

もっとうろたえてもいいんじゃないのか、とも。

草野自身も、オペリーダーの資格がないことなど十分に自覚しているはずだ。これまで、どれだけオペを失敗し、仁美が尻拭いしてきたことか。彼が覚えていないはずはない。

草野が立ち上がり、挨拶を始めた。

「オペリーダーを拝命しました草野大志です。リーダーの名に恥じぬよう、研鑽を積み、この医局を盛り上げるべく大志を持って……」

まさかの新任者は、利いた風な言い回しで、まるきり実現できそうもない抱負を語った。

話を終えた草野と目が合った。うっすらとほほえみを浮かべた表情は余裕に満ち、「よろしく」と、口の形だけで礼を投げてきた。仁美は黙って目をそらした。草野と並ぶほかの医局員たちの顔色は変わらない。確認するまでもなくほとんどが男。彼らの表情には、衝撃も、動揺も、祝福もない。つまり、当然という反応だった。

金色ネクタイは、「本日は所用がありますので」と言い残し、主任教授とカンファレンスルームを少し早めに出て行く。一体、どこへ何をしに行くというのか――。

その後の会議内容は上の空で、ちっとも頭に入ってこない。

白衣の前をそっと合わせた。真紅のワンピースを着てきたことが恥ずかしい。フェラガモのパンプスを履いてこなかったのは幸いだった。


午後四時、仁美はこの日二度目の手術に臨んだ。

心と同様に足は重い。だが、いったんオペが始まれば余計なことはすべて忘れ、手術に集中しなければならない。

患者は七十七歳の男性。年を重ねて水晶体の白濁《はくだく》化が進んだ典型的な加齢性白内障だった。

白内障の原因で主たるものは「加齢」だ。年齢とともに体内に増える活性酸素などの影響で、眼球のレンズである水晶体のタンパク質が変化し、白く濁る。この患者の場合も、水晶体の変性が進行し、中心部分の広い範囲にかけて茶褐色の混濁が認められた。

三人の医師を率い、執刀医としてオペ室に立つ。三人のうち、二人は助手、もう一人は研修医だ。看護師と二人だけで手術を行うこともできるが、大学病院は教育病院でもあり、見学を兼ねた助手がつくことが多い。特に仁美の腕は高く評価されているため、見学希望者はいつもいた。

「三木《みき》さん、こんにちは。ご気分悪くないですか」

オペ台に横たわり、右目の部分だけが開いた手術シートをかぶせられた患者に声をかけた。

ケースにもよるが、生活の利便性を確保するため、白内障は両眼同時ではなく、一週間の間を置いて片方ずつ手術する。今回もその予定だった。

白内障は、ごく初期の段階であれば、水晶体の濁りの原因となるタンパク質を蓄積しにくくする点眼薬がある。だが、それも病状を遅らせる効果しか期待できない。

進行してしまった白内障の場合、唯一の治療法は外科手術だ。視力が低下して仕事に支障が出る、屋外で異常なまぶしさを感じる、あるいは運転免許証の更新ができない状態にまで視力が低下した患者には、手術をすすめる。

手術は局所麻酔、つまり患者の意識がある状態で行うのが一般的だ。全身麻酔は身体への負担が大きく、ときに命に関わる副作用も起きうる。リスクを最小限にするためにも、局所麻酔の方が望ましい。

「……はい、大丈夫です」

かぼそい声で患者が答えた。

仁美はうなずき、患者に麻酔の点眼をすると、眼球を二十秒ほど凝視する。オペ前の、いつもの儀式だった。

眼には、一つとして同じものはない。注意して見ると、白目に浮かび上がる毛細血管の状態や、瞼《まぶた》のシワの入り方、涙丘《るいきゅう》と呼ばれる鼻側の部分や目尻の形などが、それぞれに異なる。眼の表面を覆う結膜や、その下にある角膜、黒目と言われる瞳孔、周辺の茶色い虹彩《こうさい》、レンズである水晶体、さらには目玉の中を満たす水っぽい硝子体《しょうしたい》などにも特徴がある。

これらすべての状態については、眼の表面から眼底の様子を立体的に調べられる細隙灯《さいげきとう》顕微鏡などの検査機器を駆使し、じっくり時間をかけて観察してあった。患者の眼の個性を把握した際の感覚をこの三十秒ほどで記憶からしっかりと引き出して手術に臨むのが仁美のやり方だ。

「では、始めます」

まずは黒目と白目の境目に、細いメスを差し込んだ。

角膜を二・五ミリ程度、切開する。ただ切ればいいというものではない。経験的に、どの角度でどのくらいメスを入れれば傷が早く修復するか、仁美には分かった。眼の個性が織り成す球体上の地図を思い浮かべてメスを動かす。ほんのわずかな方向や場所の違いであり、切るスピードであったが、それが手術の効果を高め、傷の治りにも影響する。

続いて超音波を発する細い探針《プローブ》を術野《じゅつや》に差し込み、白濁化した水晶体を細かく砕く。

この処置にも神経を尖らせた。やたらに砕いてはいけない。周辺組織に影響しないよう、水晶体の軟らかそうな部分、つまり超音波で砕けそうな場所を瞬時に見分け、そこから一気に崩す。水晶体が硬い人や瞳孔が小さい人は、作業をていねいに行う必要があった。

砕き終えた水晶体をきれいに吸引して取り除いた後は、アクリル製の眼内レンズを正確に入れる。ただ、円形のレンズは直径六ミリもあって、そのままの形ではメスで開いた創《そう》口《こう》から入らない。このため、筒状に巻いた状態でレンズを挿入し、後から広げて眼球に正しく乗せるという精細なテクニックが求められた。

「三木さん、とっても順調ですよ。安心してくださいね」

ここまでのプロセスを終えたとき、仁美がいつも口にするセリフだ。声をかけられた患者は緊張がほぐれるのか、肩に入っている力が緩むのが分かる。

「は、はい。よろしくお願いします」

経験したことのない人には信じがたい事実かもしれないが、白内障の手術は痛みをまったく伴わない。使用するのは点眼麻酔という、目薬による麻酔のみ。十秒から二十秒で麻酔効果が現れる。ただし持続時間は約十五分だから、手術中に何度か麻酔の点眼を追加しながら進めるケースが多い。

術後に感想を尋ねると、「すべてが終わって、眼を覆う布を剝がすときがちょっと痛かった」と言う患者もいる。だが、その程度。ほとんどの患者は「全然痛くなかった」と口をそろえる。そしてこの日も、患者がオペ中に痛みを訴えることはなかった。

「三木さん、もう終わりますからね」

手術を終える直前の縫合は、仁美が特に好きな手技の一つだった。

髪の毛よりも細い糸を、眼の上の空中でふわりふわりと羽衣のように漂わせながら、着実にスピーディーに縫い合わせる。糸をうまく扱えずにイライラする男性医師もいるが、仁美はむしろ、この糸さばきを楽しんだ。

手術がうまいと称される男性の医師でも二十分近くかかるところ、仁美は常に十三分以内で手術した。もちろん患者の状態にもよるが、手術時間が短いというのは、的確でむだのない手術ができるからであり、腕のよさの象徴でもあった。

術後合併症と言われるような、硝子体混濁による飛蚊症《ひぶんしょう》や眼内の感染症、レンズのずれなども起こしてはならない。本来は相反する要素だが、細心の注意を払いつつ、手早く仕上げる——。それは、持って生まれた何か、あえて言えば手術センスの有無が大きいのだ。

「はい、終了です」

仁美の合図で、看護師がオペタイマーを止める。「十二分二十九秒です」と報告する声が上ずっていた。

「ブラボー！」

たまたま見に来ていた主任教授が、感嘆の声を上げた。

一拍置いて仁美は、教授に会釈だけを返す。スタッフに対しては「ありがとうございました」と深々と頭を下げ、労をねぎらうことを忘れなかった。

大学病院で、仁美は誰よりも手術がうまいと言われ続けていた。仁美自身、難しい手術であればあるほど、胸が躍った。基本的な手術であればあるほど、技術のクオリティーがより明らかになる。

手術着を脱ぐ仁美の背中越しに、「十二分台の前半というのは、新記録じゃないのか」とささやき合う声が聞こえてきた。

それなのに――。

主任教授の口から出たのは、仁美の名前ではなかった。

白内障のオペリーダーは、オペが下手な後輩に決まったのだ。

彼が男だから？　ほかにどんな理由が？　一体どういうことなのか？

オペ室を出て医局に戻る。ソファーに座って目を閉じた。混乱したまま、まったく動く気になれなかった。

気づくと、日はとうに暮れていた。医局に残っている医師は、ほとんどいない。

「長谷川先生、お疲れさん」

背中をポンとたたかれた。

「あ、お疲れさまです」

二年先輩に当たる、オペリーダーの上田だった。

「もう仕事終わったんだろ。食事に行こう。高級店でおごってやるよ」

いつもケチな上田が、珍しくそんなふうに言った。

二人で入った西新橋《にししんばし》の店は、思ったとおり大衆居酒屋だった。

「草野がリーダーなんて、やってらんないよな。俺も驚いてさあ」

不満を口にしながらも、上田は生ビールを気持ちよさそうに飲んだ。周囲には、医大の関係者は一人もいない。いや、いたとしても騒がしくて、他人の会話など聞き取れるものではない。ここで好きなだけ愚痴をこぼしていいという上田なりの配慮だろうと仁美は解釈した。

「あの、上田先生はいつアメリカから戻られるご予定ですか？」

本当は、白内障オペチームにいつ戻ってくれるのか、と尋ねたかった。技術の伴わないリーダーの下で働くのは、気持ちが悪い。

「とりあえず二年って言われてる。でもさ、俺ジャズが好きだからなあ」

上田は「A列車で行こう」のメロディーを少し口ずさんだかと思うと、「悪い、悪い」と頭をかいて、あわてて中断した。自分に対する必要以上の気遣い。仁美は、今回の人事に目の前の男が関与したに違いないと確信した。

「なんでオペリーダー、私じゃなかったんですか？」

そろって二杯目のビールを飲み干したタイミングで仁美は口にする。難手術でも基本的な術式でも、立ち会った先輩医師をうならせたことは一度や二度ではなかった。

上田が枝豆のさやをポロリと落とした。

「おっと、直球で来たねえ」

仁美は、空の深鉢を上田の方に押しやる。

「誰が決めた人事ですか？」

仁美は知りたかった。上田が親切に指導してくれていたのは、優秀な眼科医を一人でも多く育てるためだと信じていた。技術の継承のためには、腕のいい医師がリーダーになるべきではないのか。

「もちろん、教授が決めたんだよ」

上田は、「このシシャモ、卵がいっぱい入っておいしいよ。冷めないうちに早く食べなよ」と、仁美の前に皿を置き直した。

「大学にはいろんな教授がいるけれど、眼科の教授は理解ある方だと思うよ」

「それがよく分からなくなってきたんですけれど……」

教授も現場のことを知る人間にヒアリングをして決めるはずだ。すると、そこに一番影響力を持つのは上田しかいない。

「すごく理解あるよ。だってウチの医局には、中国人の留学生や車椅子の医師もいるし。こんなにたくさん女医の面倒見ている医局なんて、ほかにないでしょ」

中ジョッキをあおる上田は真顔だった。

十年以上も一緒に仕事をしてきたリーダーが別の生き物に見えた。心身に障害のない、日本人の、男性医師――それこそが医局員の標準であって、初めから女性医師は規格外の存在なのか。自分たちは、女というだけで欠陥を抱えているのだろうか。

確かに今の医局は三割が女性医師だ。日本の医師総数の二割が女性で、眼科医は一割弱が女性という現状からみれば、多い方だ。だが、それは教授の度量が大きいと賞賛されるべきことなのだろうか。

考えてみれば、そんな空気はずっと感じていた。

まだ入局して間もないころだ。仁美の書いたカルテが教授による指導の対象となり、満座の中で失笑を買った鮮明な記憶がある。

「こんなカルテ、男だったら破いているところだ」

教授は確かにそう言った。

そして、教授が仁美のカルテを破り捨てないのは、書き手が「標準」の医師でなかったからだ。

「女は、まともに相手にしない」

教授の真意はそこにあった。しかし当時は、自分が正規の医師扱いされていない、という事実に気づけなかった。

この教授は優しい――。仁美はそう思ってしまった。

裂けた腹から卵がはみ出ているシシャモを前に、仁美はあのころの自分を張り倒したい思いでいっぱいだった。

「あなたのことを、お姫さんって……」

昨夜の母の電話がまた思い出された。

「仲人《なこうど》さんによるとね、先様はそんなふうに言って、仁美に会いたがってるそうよ」

――だから、そういう扱いこそが嫌なのだ。一見、優しいようで、実は一人前ではないと見下している。一方的な関係性を押し付ける男なんかに会いたくない。

「上田先生も、教授の決めた人選に賛成したんですよね？　どうして私じゃないんですか？　女だからですか？」

さっきから浮かんでは消える疑念を口にせずにはいられなかった。上田は、新たに注文した焼酎お湯割りのグラスを揺らして黙っていた。そして一口ゆっくり飲むと、上目遣いに仁美を見た。

「だって、長谷川先生は生休《せいきゅう》を取るでしょ？」

「へ？　あ、はい」

生理休暇——思いがけない指摘だった。

仁美はもともと生理痛がひどかった。子宮内膜症で痛みが強いだけでなく、大きな子宮筋腫もあるため、出血の量が相当、多かった。生理中にトイレでしばらく座っていると、トマトジュースをコップ一杯流し入れたと思うくらい便器が赤く染まる。立てば目まいがするし、無理に歩けば痛みで冷や汗が出る。とても仕事にならなかった。

「生理の期間は当直にも入らないし、オペはほかの先生に代わってもらっているよね。手術予定日をずらしてもらった患者さんもいたし。あと、仕事じゃないけど、今年は医局新年会も欠席したよね」

そのとおりだった。

「休みたくないんですが、不可抗力なんです」

上田は、「分かるけどさ」と言いつつ、「でもね、不可抗力って居直られても困るんだよ」と続けた。

「例えば産休を取って、休暇中のブランクをなかったことにするのは逆差別だと思うんだよ。少しくらいオペがうまくてもね。そんなことをすれば、休まないで必死に医局を支えてきた人たちは、どうなる？　真面目に働く者がバカを見るようなシステムにはできないだろ。教授は、そういうことを考えたんだ」

仁美は、出産どころか結婚もしていない。だが、上田の乱暴な理屈に正面から反論する気にはならなかった。

「……居直ってなんかいません。申し訳ないとは思っているんです」

上田は自ら焼酎をグラスに注《つ》いだ。

「東都医科大学がよ、入試で女子と多浪生を不利に扱う得点操作をしてたって。昨日は、全国八割の大学医学部で男子の合格率が女子より高かったっていう文科省の調査結果がニュースになってたろ」

上田が先月初めに発覚した医学部不正入試の件を話題にし始めた。

一連のニュースに世間が大騒ぎしている様子を目の当たりにして、仁美の胸中は複雑だった。女子受験生の得点操作など絶対に許されるべきでないし、報道される大学当局の対応にはあきれ果てていた。その一方、医学部入試における女子差別そのものは、長年にわたってうわさされていたこともあり、「やはり」というあきらめに似た感情もあった。

「不正はだめ、公正が一番っていうシンプルな議論は分かる。でも、男と女しかいない社会じゃ、すべて杓子《しやくし》定規ってわけにもいかないだろ。入試でも就職でも、家事でも育児でも何でも。男女のバランスを保つためには、制度やシステムの運用上、ある程度の裁量は必要だっていう説も理解できるんだよ」

酒の勢いを借りた男の暴論は仕方ない。

しかし、ここで注意すべきは上田の腹の中だ。話題を一般化することで、オペリーダーの人選や仁美自身の働き方に関する具体的な議論をうやむやにしてほしくはなかった。

「話をそらさないでください！」

仁美を手で制し、上田は焼酎をあおる。

「まあ、待て。関東医科大学の眼科教授は女だけど、彼女はすごいよ」

うわさは聞いている。ものすごい酒豪だという。結婚はせず、子供もいない。偽閉経療法を受け、医局に何日も泊まり込んで研究したこともあったらしい。会ったことのある人は、皆、面倒見のいい教授だとほめた。しゃべり方も、男みたいな女だという。そうやって、女を捨てて、男の延長線上の存在になって、初めて仕事仲間として認められると言いたいのか。

「薬で生理を止めて、女を捨てれば認めてもらえるなんて、おかしいじゃないですか」

仁美は、腹にたっぷり卵を抱えたシシャモを食べ尽くしてから抗弁した。

仕事は好きなのに、医局にいて苦しい時間がある理由が分かってきた。仲間に入れてもらえない感覚がつらかったのだ。

仕事仲間になるとは、男の仲間になるということだった。いわゆるガラスの天井――それは、アメリカの大統領や企業の役員や大学教授といった、はるか雲の上の高い所にあるものではなく、自分の頭のすぐ上にあったのだ。

「まあ、そう興奮しないで。俺の考えじゃなくて、一般的な考えだよ。誰も言わないだろう。親切心で教えてやったんだからね、誤解しないでよ」

上田は、ポテトフライをつまんだ。ぎとついた指先は、男たちが口にする例のセリフを思い起こさせた。

「俺が女だったら、やらせるけどな。一回やらせれば、手技も教えてもらえるし、人事も思い通りになる。なら、いいじゃない」

医局の宴会では、いつもそんな会話が聞こえてきた。

「女はその手があるから、いいよな」

下卑た笑いの輪の中に、この上田が加わっていたのを見た記憶もある。

上田に手術の方法を詳しく教わっているとき、ほかの男性医師に「できてるの?」とからかわれたこともあった。「真面目な女医さんだから、適当におだてて使っているだけだよ」と上田が答えるのが聞こえたときは、単なる照れ隠しだと思っていた。

「つらいなら出てくるんじゃねえよ」

「いい加減、嫁に行けば?」

「俺の嫁さんだったら、大学なんて辞めさせてクリニックで稼がせるけど」

男たちが発する嫌な言葉は、どれも息を殺してやり過ごし、聞かなかったふりをしてきた。

「男でも大変なんだよ、この世界。だから長谷川ちゃん、君もしっかりしなきゃ。もう若くないんだから……」

アメリカ留学が決定した医局のホープも、口調がおかしくなってきた。四杯目のお湯割りを作ってやりながら、仁美は自分がしていることに腹が立ってきた。

誰もが競い合って知識と技術を身につけ、仕事仲間と認められてポジションを得てゆく。

だから草野が、「ヘタ・クサノ」などと呼ばれながらもオペリーダーになったのは当然の成り行きだった。

なぜなら、彼は仲間だったから。

仁美は最初から、らち外だったのだ。

だがそのこと以上に、仁美の神経を逆なでする言葉があった。上田は、はっきりと言った。

「少しくらいオペがうまくても――」

手術がうまい医師になりたくて、腕を磨いてきた。患者に最も感謝されるのは、いい手術だ。そのために勉強をし、トレーニングを重ねてきた。手術のうまさは、何よりも優先されると思っていた。だが、上田にとって仁美の技術など、どうでもいいことだったのだ。むしろ、うまいと思っていい気になるな、と言われたようでショックだった。

焼酎を一本空けたころ、上田は、「オペリーダーなんて、どうでもいいじゃない。俺が教授になったら、准教授にしてやるよ」と言った。

出世したいからオペリーダーになりたいと誤解されたのが心外だった。患者によりよい治療を提供できるチームを作りたいだけだ。そのことは、オペの繊細な技術を教えてくれた上田だからこそ、分かっているのだと思っていた。

そもそもオペリーダーにすらなれなくて、准教授になれるはずがない。

上田はろれつの回らない舌を引きずりながら、「長谷川仁美准教授にしてやる」と何度も繰り返した。

「その前に、オペリーダーにしてください」

負けずに声を上げた。仁美も酔っていた。

上田があごを突き出して唇をゆがめる。冷たい笑みが浮かんだ。

「だからよ、ケチャマンで休む女は無理だってえの！」

「………」

たっぷりと三十秒間、仁美は口を開けていた。ぶつけられた卑語の意味に想像がつくと、胸の中の怒りと恥ずかしさを抑えきれなくなった。

無言で席を立った。トイレで化粧を直しながら、これまでの医局人事を思い返す。

医師は、おおむね四十歳で人生の岐路に立つ。

仁美の医局でも、このままアカデミズムの世界に残るか、市中病院の勤務医となるか、見切りをつけて開業医になるか――を大勢の先輩医師たちが選んでいった。

そして自分は今年、まさにその岐路となる年齢に達した。化粧台の鏡には、どこから見ても貫禄のある女が疲れた表情で映っていた。パサついた髪を水の付いた手でなでつける。

笑顔を作ったとたん目尻のシワがやけに目立った。ぎょっとして無表情に戻る。

　自分ではまだバリバリと仕事ができると思っていた。いやむしろ、眼科医の中心としてこれから活躍できるはずだ、と。けれど、女の自分はこの先も末端の医局員としてやっていくしかないのか。

　この年齢を過ぎてゆけば、手術する体力は年々落ち、代わりに若くて意欲的な医師は、毎年続々と入ってくる。大学病院の限られたポストに彼らと同列の医局員としてしがみつくのは「老害」だ。いずれは医局の席を空けるため、市中病院の勤務医として出されるだろう。うまくいけば新しい病院で診療部長や病院長として出世の駒を進めることもできる。ただおそらくは、それもごく一部の男性医師だ。

　優秀であるにもかかわらず、医局人事で報われることのなかった女性の先輩医師たちに仁美は同情の念を抱いていた。けれど、他人ごとではなかった。そうした先輩たちと同様、仁美の人生もピラミッドの上を目指す第一歩からはじき出されたのだ。

　そして上田の言葉で分かったのは、今日の医局会が運命の分岐点だったわけではなかったということだ。女である自分は、最初から医師の出世コースにはいなかったのだ。

　トイレを出て喧騒《けんそう》の店内に戻ったときには、意を決していた。張り倒すべきなのは昔の自分ではなく、目の前の男なのだと――。

上田は、テーブルに伏して寝入っていた。

自分でグラスを倒したのだろう。流れ出たお湯割りがテーブルの端から滴り落ちている。マンハッタン行きをものにした男のスラックスに、芋焼酎が染みを作る。一つ、また一つ……。

仁美の中で、情けなさが勢いを増していた。こんな男が自分の目標だったのか、と。

仁美は酔いから覚めた思いだった。自分を認めてくれていると信じていた先輩医師に冷水を浴びせられて。いや、違う。こちらから厄介払いをしたような気持ちだった。

翌日は、重い雲におおわれた鉛色の空が広がっていた。

中央医科大学附属病院の眼科医局はいつもと同じ朝を迎えた。

ただ、思い過ごしかもしれないが、なんとなく皆がよそよそしく感じられた。

草野の周囲に人だかりができていた。デスクの上には眼底の手術写真が何枚も並べられている。何かのオペを前に、仲間同士で意見交換をしているように見えた。

「それ、何ですか?」

自席に着く前に、仁美は男たちに声をかけた。

臨床医として多くの知見を得たい——仁美としては使命感からくる自然な問いかけだった。珍しい症例は、互いに教え合う。決められたルールというわけではないが、そうやって互いに経験値を高めてゆく。新しい症例を知ることは、何物にも代えがたい貴重な経験だった。

「ね、何の症例なんですか？」

男たちから答えが返ってこないなら、再び自分が問いかけなければならない。

もちろん仁美も、これまで自分の経験した症例を積極的に紹介してきた。単に見せるだけでなく、病歴なども含めてプレゼンテーションする。どのように手術すれば、難所を乗り越えられるかというコツも含めてだ。それは時間も労力も使うことだったが、同僚たちからは「理解が深まった」と感謝されてきた。仁美自身も、そうしてもらいたいからこそ、仲間にしっかりと教えてきた。

「ね、それって……」

上背のある男たちが壁を作り、手術写真をよく見ることができない。大勢で楽しく会食しているのに、自分の料理だけが出てこないようなものだった。

「こんなの、長谷川先生なら簡単にオペできますから、見なくてもいいですよ」

輪の中心にいる草野が言い放った。パーティー会場にいることすら許されず、一人追い出された気分だ。

周囲から、くっくっという笑いが漏れ聞こえた。

これが自分の職場か――。

なんという狭量な組織なのだろう。嫉妬、意地悪、冷笑……そんなものが苦しさの正体だったのか。

「ふうん、そうくるわけ。じゃ、皆さんで頑張って」

仁美は笑って医局を出た。自分が惜しげもなく症例を供覧してきたのは、大切な仕事仲間と経験を分かち合いたいと思ってきたからだ。けれど、仲間という思いは一方通行だったようだ。

「長谷川先生!」

廊下に出たところで、声をかけられた。振り返ると、後輩の女性医師だった。

「オペリーダーの件、意外でした。手術は先生が一番うまいのに……」

ありがとうと声にできず、仁美は小さくうなずくだけだった。自分の思い上がりではない――そう感じられ、嬉しかった。

翌週の水曜日、手術を開始するときに事件は起きた。

いつものように仁美は入念に手の洗浄を終えて手術室に入った。

すでに患者はオペ台に横たわっている。これもまた普段通りだった。

今日は研修医に指導しながらの手術予定だ。

患者は例によって片眼の開いた手術シートをかぶせられていた。

「三木さん、こんにちは。今日も前回と同じように処置しますからね」

「よ、よろしくお願いします」

患者からは緊張ぎみの答えが返ってきた。

「痛みがあるときは、左手を挙げてくださいね」

患者の不安を取り除くため、努めて落ち着いた声音で言う。続いて仁美は研修医に指示し、患者に麻酔薬を点眼させた。点眼麻酔は十秒から二十秒で効果が現れる。仁美の体内時計が自動的にカウントを開始していた。

……十八、十九、二十秒。よし、もういいタイミングだ。仁美の合図と同時に、研修医が超小型の剣の形をしたスリットナイフを手に取り、患者に向き合う。そのときだった。

「あの、先生……」

ゆるゆると患者の手が挙がった。手術シートの下から、申し訳なさそうな声を出している。

「はい？」

すべての処置はこれからだ。痛みを感じる局面ではなかった。

「私の思い込みかもしれないですけど……」

「いかがされました？」

仁美は少しイラつきながらも穏やかに声をかける。

「私の右目には、まだ悪いところがあるんでしょうか」

愕然とした。カルテを確認するまでもない。患者のむき出しにされた瞳孔は無影灯に照らされてキラキラと光り、手術後であるのは明らかだった。誰かが間違えて右目に手術シートをかぶせていたのだ。けれど、そんなものは言い訳にならない。

「も、申し訳ありません！　すぐに反対側に切り替えさせてください」

仁美は謝罪し、いったん手術室の外へ出た。廊下で待っている付き添いの家族に、手術の準備段階で起きた不手際を報告し、手術のやり直しを告げる必要があった。しかし、仁美の説明を聞いた中年の息子が怒声を上げた。

「あんたら一体、なにやってんだよ！」

仁美はさらに謝罪を重ねたが、付き添いの家族は態度を硬化させる一方だった。当然のことながら、手術は中止となった。

結局、次の手術日を決めることもなく、患者は帰っていった。家族が残した「この件は、弁護士とも相談しますから」という不穏な言葉が、仁美の胸に重くのしかかった。

責任は自分にある。いくらセッティングをしたのが仁美でなかったとはいえ、最終的な確認をすべき立場だった。毎日のように手術をしてきて、こんな初歩的なミスを犯したことはなかった。

仁美は看護師と補佐役の医局員に経過を問いただしたが、確認不足ですみませんと謝るばかりだった。ミスをした詳しい原因は最後まではっきりしない。ただ、草野が前日にオペの順序を入れ替えたり、日程の変更をしたため、現場が混乱していたという話が漏れ聞こえてきた。

その日の夕方だ。臨時で開かれた白内障オペチームのカンファレンスに、仁美は遅刻してしまった。いつもなら医局秘書から声がかかるのだが、今回は連絡がなかったのだ。秘書に尋ねると、草野の指示を受けて、会議の通知は医局のホワイトボードへの板書に切り替えたのだという。

遅れて入ったカンファレンスルームには、驚いたことに主任教授の姿もあった。

「重大なミスを犯したうえに遅刻かね、長谷川君」

仁美は、椅子に座ることも許されなかった。

「草野君たちから概要の報告は受けた。すぐに始末書を提出しなさい」

「……はい」

頭から叱責するような教授の声だった。

草野をはじめとするチームのメンバーは、仁美に冷たい視線を向けている。唇をかんでいる女性医師が一人いた。廊下で声をかけてくれた後輩だ。後方に席を取った上田は、腕を組んで目をつぶっていた。

「君には、しばらく手術からはずれてもらう。いいね」

返答ができなかった。

誰の意図で、何が起きているのか――。この程度のことで、負けてなどいられない。けれど、こんな職場で、こんな気持ちのまま、自分自身がベストの医療を続けていけるのだろうか。

その夜、マンションの部屋に戻って、上着も脱がずにベッドに倒れ込んだ。

医学部の同級生だった涼子の見舞いに行ったことが思い出された。

涼子たち三人を前にして、オペリーダーに抜擢《ばってき》されること、ますます忙しくなること、所沢の実家には戻る考えがないことを、揺るがぬ事実のように話した。あれから二か月しかたっていない。仁美は、自分を取り巻く世界の変わりように驚いた。

町はずれにある実家では、年老いた父親が眼科診療所を一人で頑張っていた。母はしょっちゅう戻ってこいと言っている。だが父は、仁美に継いでほしいとはひと言も口にしない。

「この診療所は、父さんの趣味みたいなものだ。仁美が戻りたくないのなら、よそで誰かを探すか、無理なら閉院しても構わないさ」

それが父の口癖だった。

仁美自身も、父の診療所を継ぐなどと考えたことはなかった。狭い地域の診療にしばられず、広い場所で日本中の患者のために活躍したいと思っていた。

翌週末、仁美は実家に帰ることにした。

中央医科大学附属病院への通勤の便を最優先に考え、港区内の賃貸マンションに暮らしている。ため息が出る家賃は、睡眠時間を確保するための出費として割り切っていた。おかげで通勤時間は十三分。地下鉄を使えば、都内のどこへも短時間で行き着くことができる。

土曜日の昼過ぎに、麻布十番《あざぶじゅうばん》駅から都営大江戸《おおえど》線に乗った。地下軌道をゆっくりと北上して西武池袋《せいぶいけぶくろ》線の練馬《ねりま》駅へ出る。ここで快速急行をつかまえれば、実家のある駅まで一直線だ。

東京から埼玉へ向かいながら、久しぶりに地下鉄以外の電車に乗ったと思った。車窓を流れる街並みや田園風景が新鮮に感じられる。これまでこの電車に乗るときは、論文や学会誌をむさぼり読むか、目をつぶって心と体を休めることに努めてきた。窓外の景色に関心を向けたことなどなかった。

マンションの最寄駅から最短五十九分でたどり着ける故郷だが、仁美にとっては遠くて億劫《おっくう》な場所だった。

「一度でいいから、会ってみてよ。ね、ね。いま、そこの喫茶店で待ってるから」

帰宅の時間に合わせて、母が見合いをセッティングしていた。相手は診療所の土地を提供してくれた地主の息子という。以前から、何度も見合いの希望を申し入れてきたらしい。

「お姫さんの人よ。ほら、前に言ったでしょ」

母の顔は、驚くほど真剣だった。その勢いにたじろぐと同時に、これまで母の気持ちを考えてこなかったのだと少し悔いた。

玄関脇の鏡を見る。ボロボロのジーンズに、着古したポロシャツ。ひどい格好だった。

「こんなんでいいの？」

「いい、いい。とりあえず会ってくれれば」

促されるまま、母の後を追った。

母と二人でバス停前の小さな喫茶店に入る。

隅っこの席にスーツ姿の男性がいた。やや色黒で小柄な相手は、かしこまった様子で座っていた。

目が合ったので無言で頭を下げる。仁美と同い年だというその人物は、どこか懐かしい感じのする、おっとりとした雰囲気の男性だった。想像していたオタクや自意識過剰の怪しさはない。何を話せばいいのか分からず黙っていると、母がおしぼりや水を男性の前に押しやり、併せて仁美の頭を後ろから小突いた。

「すみませんねえ。これが仁美です。大学病院の仕事が趣味みたいな子でして、もう、本当に、しつけがなってなくて申し訳ないんですが。でも、案外家庭的でいい子なんです。私が虫垂炎《ちゅうすいえん》で入院したときなんて、この子が家事を全部やってくれましてね。どうかよろしくお願いします」

母は四半世紀以上も前の話を始めたかと思うと、そのまま席を立った。

男性は九州の大学を出たあと、この地で父親の経営する不動産会社を手伝っていると話した。地域の魅力を再発見して情報発信するようなプロジェクトにも力を入れているという。

「この町、何もないと思われているんですが、結構楽しめる場所があるんですよ。ドーム球場や遊園地だけじゃなくて、湖や丘陵もあるし、それにほら、航空機に関する史跡や文化遺産も。丘の上から夕焼けを眺めていると、それだけで幸せな気分になります」

プロジェクトの方は、経営的に赤字スレスレだという。土地を持ち、経済的に恵まれているからそんな悠長な仕事ができるのだろうと、いい加減に聞いていた。

「仁美さんの故郷は素敵な町です——ああ、こっちばかり話して、すんまっせん」

男性は、漆黒に薄いブラウンの混じった瞳をくるくる動かしてほほえんだ。ほんの少しだけ相手に興味がわいた。

「ええと、以前は九州に住んでいらしたと……」

汗を拭く格好をしながら、男性は下を向いた。

「実は僕、養子なんです。大学を卒業して三十を過ぎるまで熊本を出たことがなくて」

仁美が笑みを返すと、男性は突然、「前から好きでした」と言い出した。

「僕、五年前に仁美さん、いえ、長谷川先生に会ったことがありまして」

仁美は正面から男性に見つめられた。男性の眼球が大きく膨らんだ。

「あっ」

覚えている。

左目の涙丘にある色素沈着の色と形に記憶がある。どこかの診療所が作成した「悪性のものではないか」という紹介状を得て、仁美が中央医科大学附属病院で検査したあの目だ。

しかも、そうだ。あのとき男性の右目も、脂腺が急性化膿性炎症を起こしていて……。

「心配ないと思いますが、経過を見ましょうねっておっしゃっていただき、それから何度か通院しました……」

そうだ――化膿性の炎症で、男性の右目には、大きな麦粒腫《ものもらい》があったはずだ。

「ものもらい！」

「お姫さん！」

二人は同時に声を上げていた。

笑った。笑い合った。久しぶりに心の底から。

身近な病気には、普遍的な病名とは別に、全国各地で地方独特の呼び名が存在する。特に麦粒腫・霰粒腫《さんりゆうしゆ》は、関東で「ものもらい」、大阪で「めばちこ」、京都で「めいぼ」などと称され、熊本では「お姫さん」や「お姫さま」と呼ばれている。県内の誰もが使いながら、県境を越えては決して通じない呼称もある。

「癌《がん》かも知れないと思った左目と、お姫さんの右目。生まれて初めて大学病院という場所に行きましたが、長谷川先生には右目も左目も本当にていねいに診《み》ていただき、今思うと、あのときに、その、親しくお話ししたいという気持ちが芽生えたような……」

その後、長谷川眼科医院が仁美の実家であり、養親との間に浅からぬつながりのあることを知る。驚いた男性は、仁美との過去の小さな経緯について、仲人に話をしたのだという。

「そうでしたか。それは失礼しました」

仁美は頭を下げた。

「いえ、僕の方こそです。三回目の診察が終わって、『もう来院しなくていいですよ』と言われたとき、すごく寂しかったことを覚えてます」

男性は照れくさそうに笑った。

地元の不動産会社というと、ギラギラした仕事というイメージがある。だが、男性にはそういったアクの強さは感じられなかった。

「たまたまの縁があって所沢に移り住んだ」と話す男性は、地元のことをよく知っていた。

仁美は男性に、車ですぐの距離にある夕日がきれいだという丘に連れて行ってもらった。

少し奥まった展望スペースからは、雄大な景色を望むことができた。青い空の下に大地がゆるやかに横たわる。ここに生まれ育ち、すみずみまで知っているはずの土地なのに、まるで違う場所にいるようだった。

「すっごく気持ちのいい景色ですね」

男性もその風景に魅入られるように目を向け、「そうでしょう」と満足そうにうなずいた。

「ここがあなたの故郷なんですよ」

東京のマンションに戻り、一人で食事をしながら、ふと彼の言った言葉が浮かんできた。

「患者さんのために生きる仕事って、素晴らしいですね」

よい週末だった。サプライズのお見合いも楽しかった。相手は決して悪い人ではないが、結婚しようという気持ちにまではならなかった。ただ、一つだけ心に決めたことがある。

翌月、仁美は主任教授の部屋を訪れた。

「医局を辞めようと思います」

主任教授はそれほど驚いた様子もなかった。

「例の取り違えミスの問題かね」

いつの間にか医局内では、そんな言い方が定着していた。「手術ミス」と広言する者もいた。そして、問題の患者は中央医科大学附属病院に帰ってこなかった。家族からも弁護士からも何の連絡もない。

仁美は首を横に振った。

「まさか、結婚か？」

今度は、予想外のものを探るような目で聞いてきた。

結婚は、するかどうか分からない。するにしても、この場で「そうです」と答えるのは、何か違う気がした。少なくとも、結婚が先ではなかったから。

でも、それを言っても分かってもらえるとは思えなかった。

「父の診療所を継いで、患者のことだけを考えて仕事します」

自分なりに、たんかを切った。

「なるほど、ご実家を継がれるか。長谷川君の腕なら、きっと評判になるよ」

各地のクリニックで、白内障の日帰り手術が流行《はや》っている。教授はきっとそんなイメージで言ったのだろう。だが、貧乏診療所に手術する設備を整える余裕など、ない。

「ありがとうございます」

小さな穴に落ちてゆくような感覚に襲われた。

「長らく、ご苦労さんだった」

教授は受け取った辞表を、机の上の「既決箱」にポンと放り投げた。

それを見た瞬間、膝の力が抜けてしまった。全身を支えていた何かが崩れたように感じる。

「あなたの器用さを生かせば、絶対に患者さんのためになるわね」

ちょうど二十年前、医学部二年生のときに解剖学実習で城之内先生にかけられた言葉がよみがえってきた。医師になる現実を初めて明確に教えてくれた女性教授が、仁美に送ってくれたエールだ。

「だからね、これからの人生、どんなことがあっても途中でくじけてしまってはダメ。初心を忘れずに頑張って」

それなのに、自分は取り返しのつかない決断をしてしまったのではないのか——仁美は震える足で、ゆっくりと歩き出した。医局の前を通り過ぎる。医師になって十五年。二十代の半分近くと三十代のすべての時間を捧《ささ》げてきた場所だった。遠くでたたずむ後輩の女性医師が、仁美にゆっくりと頭を下げた。

◇◇◇

——一九九八年四月

医学部二年生の前期に、解剖学の講座がある。

四月、桜の花をめで終えたころに始まるその講座は、医学生となって初めて経験する本格的な基礎医学系実習だ。長野冬季オリンピックで日本が金メダル五個を獲得したという明るい話題が尽き、世情に疎い医学生の耳にも、やれ巨額の不良債権だ、空前の失業率だといった不景気なニュースが再び勢いを増して届くようになった時期だった。

解剖学実習も最初の一週間は、一般の講義室でガイダンスを兼ねた解剖学概論の講義を受ける。それが終わると、密度の濃い講座がスタートする。

中央医科大学の解剖学教室は、講義棟の地下にあった。講堂くらいの広い部屋に、人が横たわれるサイズの金属製の解剖台がズラリと並び、それぞれの上には、ビニールシートで覆われたご遺体が載せられている。学生は全部で百十二人。四人ずつの班に分かれ、計二十八体を解剖する。

実習の初日は、ご遺体を前にしている状態に、異常に気が張ったものだ。けれど慣れるに従って、そうした緊張はすっかり消えた。人間の体の表面と内部にあるすべての器官の形状と、構造と、和英両方の名称を、純粋な医学用語としてフラットに受け止めてゆく。次第に実習は、特段の感情を呼び覚ますこともなく進むようになった。

ただ、忘れてはならない言葉があった。開講にあたって教授の城之内泰子先生が述べたひと言だ。

「解剖学実習は、尊いご献体によって支えられています。開学からまだ日が浅い本学では、寄せられるご献体の数も十分ではありません。皆さんはご遺志の尊さを忘れず、一人の学徒として謙虚な気持ちで実習に当たってください」

解剖の手順は決まっていた。

まずは全身の皮を剝《は》いで皮下脂肪をていねいに取り除き、表在筋肉を観察する。血管や神経を傷つけないよう、人体の表層から深層へと、観察部位は体の深い部分へ向かう。

心臓や肺、肝臓、胃腸、生殖器などの内臓を一つ一つ確かめ、最後に顔の奥、喉頭や耳、鼻、眼などを詳細に観察する。その後、脳の解剖を行って、実習はひとまず七月の上旬に終了する。

ご遺体に相対するようになって三回目ごろから、仁美は、自分が明らかに器用で外科向きであることを自覚した。

解剖の作業は、遺跡の発掘に似ていると思う。神経や血管、内臓や筋肉などを見つけ出し、形状や場所が分かるようにしなければならない。そのため、発掘で砂に相当する脂肪組織や結合組織をきれいに取り除き、目的とする器官を浮かび上がらせるのだ。この作業は「剖出《ぼうしゆつ》」と呼ばれ、苦手とする学生も少なくなかった。

仁美は細かい神経や血管を見落とさず、筋肉と筋肉の境目をくっきりと分け、苦もなく作業を進めることができた。ほかのメンバーがうまくできない理由が分からないほどだった。

城之内先生の講義はいつものように淡々と進められていた。今日の実習に関する事前レクチャーだ。私語をする学生はいない。先生はまだ四十代前半だが、厳しいことで有名だった。実習中にふざける学生がいれば、容赦なく外へ出される。身体のさまざまな部位の名称も、口頭試問で答えられなければ帰れなかった。

仁美は、そっと同じ班のメンバーを見た。なぜこんな顔ぶれになったのだろう。

四月第一週のガイダンス最終日、実習の班分けが発表されたときは驚いた。ほかの班は男子だけか、あるいは女子一人の混合班である。なのに、自分の班は女子ばかりだった。もうちょっと考えてくれてもいいのに、と仁美は思う。解剖は力仕事も多いから、男女のバランスに配慮するべきではないのか、と。

解剖班の編成は、教授の専権事項だ。

学年に割り当てられるご遺体の数は二十八体。学生の数は百十二名だから、一班あたり学生が四人になる。一年次に履修した全科目の評定平均値《GPA》を算出して、学生全員に一番から百十二番まで番号を振り、成績順に一班から二十八班まで学生を一人ずつ配置する作業を繰り返してゆく。つまり一班には成績が一番、二十九番、五十七番、八十五番の学生が振り分けられるのだ。班ごとの成績を均質化するため、伝統的に繰り返されてきた方法だ。

そうした中で、偶然にも女子学生ばかり四人の班ができてしまったという。

仁美の学年は、男子学生が九十名、女子学生が二十二名いる。多少の差はあるが、どの学年も同じような比率だ。したがって二十八班のうち、女子学生が一人の班と、男子学生ばかりの班になる確率が高い。昨年までは、たまたま女子が二名と複数になる班があれば、前後で男女を入れ替えるという操作が行われてきたらしい。けれど、今年度に限っては配慮をしなかったという。

城之内先生は班編成の理由について、こんなふうに説明した。

「解剖実習の班編成についての説明です。これは純粋に成績順でメンバーを割り振った結果です。私は、男性ばかりの班を偏っているとは思いません。同様に、女子だけの班も偏っているとは思いません。成績順という厳格なルールに基づいて各班のメンバーを決したのであり、今年度の実習の効率と効果を最大化するため、このままの班編成でいきます」

明日から実習が始まるという日の夕刻、仁美は解剖学の教授控え室を訪ねた。女子ばかりになった班の編成替えを城之内先生に直談判するつもりだった。

薄暗い地下廊下のさらに奥にある教授控え室は、ドアが半分開いている。

「アブノーマルとは、どういう意味ですか！」

城之内先生の大きな声が聞こえてきた。先客がいると知り、仁美は廊下で立ち止まる。

城之内先生は、男性と言い争いをしているようだ。

「文字通りです。正常でない班があると言っているんですよ。ほかの解剖班は、男子四人もしくは男子三人に女子一人の組み合わせですよ」

しわがれた声には聞き覚えがあった。丸森《まるもり》教務部長、副学長を兼務する高飛車な人間だ。自分の分野や専門を超えて、医学部のさまざまな講義や実習の進め方などについて盛んに口をはさんでくる——という悪評があり、それは学生の間でもよく知られていた。

「それがどうして今年度は、女ばかり四人の班なんてモノを作っているんですか。これではバランスの取れた学年の中に、規格外れを作ったも同然です」

丸森教務部長が、仁美たちの解剖班に文句をつけている。

「それをおっしゃるなら、男子学生ばかり四人の班もアブノーマル、偏っていることになりますが?」

城之内先生は厳しい調子で返した。

「あのねえ、僕はあなたと議論するつもりはないんです。とにかく女子四人はほかの班の男子と適当に入れ替えてくださいよ。今からの変更でも遅くありません。せっかく本学初の女性教授に抜擢された売り出し中の身なのに、こんなことでミソをつけることもないでしょう」

　丸森部長は、しびれを切らしたようだ。

「城之内先生、どうか意地を張らないで……ね」

　もう一人男性がいた。ずいぶんと高い声だ。懇願のようでもあり、子供を懐柔するような口調でもあった。

「そういう問題じゃないんです」

　城之内先生は毅然《きぜん》として言葉を継ぐ。

「男女について、なぜそんな意図的な操作をする必要があるのですか。この班編成は、純粋に成績順に並べた結果なんです。公正な結果ですし、女子だけだからといって偏っていると考えるのは早計だと思います」

　城之内先生の弁明は授業で聞いた通りだが、さらに激しいトーンだった。

「つたく、前例を知らないんですか。こんな歪《いびつ》で異常な班を作ってしまうなんて」

　丸森部長が声を張り上げる。

「城之内さんの前任教授は、男女の偏りをちゃんと調整してましたよ。男子学生三人に女一人くらいが一番バランスがいいんだ――っておっしゃって。助教授として、それは城之内先生も見てきたでしょう？」

「はい。まったくもって愚策でした。操作をすることで班の力量にアンバランスが生まれました。生じたひずみは、暗に女子の責任とされ、その結果、女子のいる班は『ハンデがある』などと捉えられるようになりました。つまり、いいと思えない事例が重なる一方でしたので、この際男子と女子の人数操作をやめたいのです。いえ、やめるべきです」

「城之内先生は、話になりませんな。都築《つづき》さん、そちらで適当に班の編成をしてもらって構いませんから」

丸森部長は、城之内先生の発言を無視してそう言い放った。

「女子四人の班が男子の班と同等の結果を出せることを示せば、『女ばかりの班は異常だ』という丸森先生の認識を変えていただけますか？　女子学生がハンデと言われる存在なのかどうか、せっかくの機会ですから、実習をご覧いただいて白黒をつければいいのではないでしょうか。それとも、女子だけの班がいい成績を取って、女性でも男性と変わらず能力があると証明されてしまうのが怖いんでしょうか？」

城之内先生は冷静に反論する。

「そこまでおっしゃると責任問題になりますよ。もしも女子だけの班のスコアが低ければ、城之内先生はどうされるおつもりですか！」

都築と呼ばれたもう一人の男が、尖ったナイフで金属をたたくような、キンキンと耳に障る声で追及してきた。

間髪《かんはつ》を容《い》れずに城之内先生が答える。

「そのときは……解剖学教授を退きます」

教授控え室からしばらく声が聞こえなくなった。ドアの外に立つ仁美は、足が震えた。

「では、今年度はこのままの班編成でまいります」

女子だけの解剖班が認められた瞬間だった。

城之内先生の強い意志がよく分かった。今年度の班編成に大きな意味があることを感じた。そして、自分たちの班の成績が城之内先生の立場に重大な影響を持ちうることを自覚させられた。

とはいえ、事態を軽々しく他言するのもはばかられる。班編成について不満を述べるつもりだった仁美は、列車がすでに走り始めていることを思い知らされた。

仁美はそこで分かったことも分からなかったことも、ひとまずすべてを胸にしまい込むと決め、教授控え室の前をそっと離れた。

この日も朝から実習があった。

仁美は、同じ解剖台の前に座るほかの三人を改めて観察する。優等生のイメージからは程遠いが成績バツグンの坂東早紀、その逆で、文系出身でおしゃべりな椎名涼子、おっとりしてどうにも要領の悪い安蘭恵子。一年のときの成績では、上位五番以内を維持している早紀が一番なのは間違いない。次は、再試験が一度もない仁美だ。恵子はときどき再試を受けており、涼子に至っては単位をいくつか落としている。それも、数学や統計学といった自然科学系の必修科目だ。足を引っ張られたくない。いや、それよりも問題は早紀か。

早紀はいつもマスクを二重にしている。突き出た腹は、妊娠七か月だった。最初にそれを聞いたときは、勘弁してほしいと思った。ご遺体を持ち上げひっくり返すといった力仕事は期待できないにしても、体調不良で休まれるのが気がかりだ。解剖学実習の口頭試問もスケッチも、すべて班の連帯責任なのに。

ただ、昨日は初めての口頭試問を、早紀は問題なくクリアした。記憶力のよさは、さすがだ。むしろ、一生懸命やっているのにたどたどしい答え方の涼子が危うい。

城之内先生のレクチャーが三十分ほどで終わり、実習の時間となった。先生が「開始」と宣言する。その合図の声とともに、ご遺体を覆うビニールシートを開けた。

むせるような刺激臭が鼻を突いた。この瞬間が、仁美は一番苦手だ。

ご遺体は特別な保存処置を施されている。血管からホルマリンが注入され、全身のタンパク質が固められた状態になっている。生きていたころの弾力は失われ、ゴムシートのように硬い。

すでに首から上半身にかけての皮膚が剝ぎ取られており、昨日は表面の筋肉や血管、神経を観察した。今日は首の深部にある構造の観察を行う。

首はさまざまな細い筋肉で構成されていた。中でも太く斜めに走る胸鎖乳突筋という筋は、顔を横に向けたときに浮き上がる美しい筋肉だ。

頸部《けいぶ》の鎖骨に付着した筋肉をすべて剝がし、鎖骨をストライカーと呼ばれる電動骨切り機で切ってから持ち上げる。

縦に走る太い血管が二本見えた。首の動脈と静脈だ。総頸動脈と内頸静脈という名前が付いている。この血管が脳に酸素を運ぶ。脳と直結する重大な血管が、こんなにも体表面に近い場所にある。人間が生きるということは、崖の上を歩いているようなものなのか。そんな心もとない気持ちになる。

ご遺体をうつ伏せにする。背中の皮切りを行い、表層筋を観察してから再び表に向けた。腋《わき》の下の腋窩部《えきかぶ》と呼ばれる、血管や神経が束になって見える部分。今日の実習はここのスケッチが山場だった。

涼子と恵子がいつものように私語を交わしている。テレビドラマや彼氏のこと、続いて性能のいいドライヤーのメーカー名などについて。実習そっちのけだ。あんまりうるさいからチラッと見ると、向かいの涼子がほほえみを返してきた。おもしろい話でしょ、あなたも仲間に入りたいでしょ、と言わんばかりに。そういう意味じゃないと、舌打ちしたい気分だった。

解剖学実習の最中、城之内先生はしばしば仁美たちの班の様子を見に来た。最初は私語を注意されるのではないかと胸が騒いだが、そうではなかった。ただ、ほかの班より、明らかに手厚い。

「あなたたちには大変な苦労をかけてしまったわ」

いつもそんな言葉を口にしながら。そのたびに仁美は、あの日の教授控え室での言い争いを思い出す。もし、あの場面に出くわしていなければ、「心配するくらいなら最初から女子を分散させればよかったのに」と、しらけた思いがしたかもしれない。でも、そうではなかった。この班編成には、意味があるのだと仁美は信じることができた。

城之内先生によるていねいな指導のせいか、四人のスケッチは正確で美しく、ほとんどの部位でA評価を得た。さらに優秀な早紀がいたおかげで、口頭試問も順調にクリアした。総合的に自分たちの班はとてもうまくやっていたと思う。

# 第三章　フリーランス――早紀

「手首の腱の美しさや絶妙な配置にふれ、私は芸術的な感動を覚え、畏敬の念を抱きました。解剖学は、それからも変わらず私の心を包み込みました」

（ブラックウェルの言葉）

——二〇一八年十月

朝一番にシャワーを浴びる。この起き抜けの習慣が、心地よい。しかも、今日は平日でオフの日だった。

仕上げの洗顔には、ココナッツオイルの入ったソープバーを使う。元同級生の涼子から届いた快気祝いの品が、このところ坂東早紀のお気に入りだ。

あのとき、解剖班の四人が病室で交わした会話を思い出し、自分の選択は間違っていなかったと確信した。

救命救急に進んだ涼子は、自分の能力を過信して働き過ぎるから倒れてしまうのだ。

しかも、救急は女に向いている専門とは言えない。少なくとも、医局で心から歓迎はされない。それは常識だった。結婚、出産、子育て、介護、それにあまたの家事・雑事……。女がいやおうなく押しつけられてしまう、そうした一から百までの事情について、救急車で運ばれてくる患者はお構いなしだからだ。

だからこそ、自分の人生の状況をきちんと判断する必要がある。

女にとって大切な出産のタイミングを見定めること、人間らしく過ごせるよう適切に仕事を選ぶこと、家族を何よりも大切にすること。それらはすべて、限られた人生の日々を幸せに送るための当然の営みだ。

なぜ三人はそうしないのだろう？

救急の現場で涼子は、倒れるまで当直をさせられている。

眼科で手術の数を誇る仁美には、大学病院の組織しか見えていない。

高齢出産した小児科医の恵子は、顔色がすぐれなかった。

自分は、オンとオフの日を自分で決め、朝から一日をゆっくりと過ごせている。

「やっぱり、私はこれでよかったのだ」

髪を軽く乾かして着替えを済ませ、きれいに洗ったメガネをかける。とてもさわやかな気分でキッチンへと向かった。

だがそこで、早紀は信じられない光景を目にした。

父が、大便の付着した手でパンを食べていた。

異臭を感じたときには、もう手遅れだった。早紀は、大声で叫んでしまった。

「何してんのよ！」

父の両手をつかみ、風呂場に押し入れた。

ユニットバスの壁面が黄土色の手跡で汚れた。パンツ型の紙おむつを立ったまま取り替える。父の足がシャンプースタンドにぶつかり、床面に何本ものボトルや石鹸《せっけん》が散乱した。

父の目はうつろで、何も言葉を発せず、ただ、ぼんやりと立って早紀を見ている。

なぜパンツに手を突っ込むのか、考えても仕方がない。痩せたせいで、父の衣類はどれもウエストがゆるい。今後は手が入らないズボンをはかせなくては。

心の乱れを強引に抑え込んで、父の体をシャワーで流し、風呂場の壁を洗った。

排水口の目皿には便の欠片《かけら》がいくつも残り、その隣でココナッツオイルの石鹸が水流に踊っていた。

こんなことは今までなかった。だが、これは始まりに過ぎないのだろうか――。

風呂から出たあと、父の行動が、手の動きが、排泄《はいせつ》の有無が、気になって仕方がない。

今日一日、このまま家の中に父と二人きりでいると、頭がおかしくなりそうだった。

早紀は父とともに国立《くにたち》のマンションを出た。ＪＲ中央線に乗ると、ようやくまともな世界に戻れた気分になる。

木曜日の午後、吉祥寺《きちじょうじ》のアーケード街は人の圧力で倍にふくれあがっていた。

八十二歳の父の手を引きながら、やはり四十歳にもなって老人連れで来るのではなかったと早紀は後悔する。だが大学二年生になる息子の翔は、仲間と始めた自主研究会の秋合宿に行って二週間も不在だ。リビングの卓上にあるパソコンは、シャットダウンもしていない。

父はデイサービスに行くときも激しく抵抗する。翔の手助けがないと、送迎車に乗せるのも一苦労だ。ただここは、昔からなじんだ商店街のせいか、特に怖がる様子はなかった。はんこ屋や古本屋の前で不意に立ち止まり、商品を眺めては、再び唐突に歩き出す。厚手の長袖シャツの裾から手を入れ、胸や腹をかきつつ、すたすたと進む。

茶色のベレー帽と赤いウエストポーチは父がこだわる定番の外出スタイルだ。帽子は早紀が、ポーチは翔が、もう何年も前にプレゼントしたものだった。

乾物屋の前に来た父は、店の奥へと進んだ。強い昆布の香りに加え、発酵と熟成の匂いが漂う。

「お父さん、何か買うの？」

父は、「ほら、あれだ、あれ」と言った。

父の口からは単語がほとんど出てこなくなった。

「あれって、なに？」

店内を歩き回っていた父は、突然立ち止まり、落花生の袋をつかんだ。

「もう、いっぱいあるじゃない」

家には、落花生が五袋もあった。父が言うたびに買ってきたためだ。

「要るんだ！」

父が叫ぶ。周囲の人が振り返って見た。

「じゃあ、一つね」

仕方なくお金を払っている間に、父は店外へ出ていった。

あわてて父に追いつき、手をつなぐ。

五分ほど歩いた所に大型スーパーがあった。父の手をやや強く引きながらにぎやかな売り場を通り抜け、エスカレーターに乗る。二階の紳士服コーナーに着くと、そこはずいぶんと静かだった。一階の日用品売り場とは違って空《す》いている。

父のウエストサイズにぴったりのズボンを買い物カゴに入れる。これで今朝のような大惨事にならずに済むはずだ。

十月の下旬だった。秋物のバーゲンが始まったところで、目につく衣類は、どれも驚くほど安かった。

明るい緑色の地に白と灰色の細いラインが入ったニット・セーターは、高齢の父にもよく似合いそうだ。カゴに入れ、それに合うスラックスや明るい色味のブルゾンを次々にみつくろっていく。こんなふうにまとめて父の洋服を買うなんて何年ぶりだろう。久しぶりに親孝行をしている意識と、安い品々であっても次々と購入していく高揚感が相まって、気持ちが良かった。

そう言えば、最近は翔にも服を買ってやっていない。早くに産んだ子は、学校の成績も性格もよかったが、彼女はいないし身なりもお構いなしだ。東京工業大学《とうきょうこうぎょう》に入ったものの、専門の生命工学以外にはまったく興味がないように見える。母親からすれば、オタクの暮らしぶりだ。

翔と父は、とても仲のよい孫と祖父だった。だが、父が認知症を発症してからというもの、男二人の間で会話らしい会話が交わされるのを聞くことはなかった。

ついでに下着コーナーへも行った。水色の靴下や柔らかい天然素材のシャツを買い物カゴに入れると、片手では持てないくらいになった。父にカゴを持ってもらおうとして振り返ると、姿がない。

血の気が引いた。

来た道を戻ってフロア全体を巡ったが、どこにもいない。地下の食品売り場かと当たりをつけ、階段を駆け下りた。ナッツ類、和菓子、あるいは惣菜《そうざい》かと、父の好物が並ぶコーナーを探し歩く。ここにもいない――。

早紀は悔やんだ。

自分が一緒にいながら、人混みの中で父の徘徊を許して行方不明にしてしまった。いや、目を離してからまだ十分もたっていないはずだ。ためらっていても仕方がない。早紀は、レジの近くに立つ男性の警備員に助けを求めた。

「すみません……」

「あ、ちょっとお待ちください」

警備員は早紀の呼びかけを制し、耳元のイヤホンに手を当てた。

「……二階の、婦人肌着売り場で、はい、不審な老人が暴れてる？　了解、B1から急行します！」

父だ。父に違いない。

警備員の後を追って二階に上がる。奥の下着売り場が騒然としていた。何人かの従業員と女性客に囲まれて、父が座り込んでいる。脇に置かれた買い物カゴには、女性用の下着が山のように入っていた。

「この人、あたしのカゴからブラとパンティーを取ったのよ。気味悪い！」

「私のカゴからもよ！　痴漢！」

「迷惑行為はやめてって言ってるのに、知らん顔でしょ。ずうずうしい！」

周囲の騒然とした様に早紀はあわてた。父の病気を話し、理解してもらうしかない。

だが、医師として認知症の病状説明をしようとしても、言葉はもつれる一方だった。ひたすら頭を下げ、謝罪を繰り返す。父のズボンのポケットからも売り物の下着が出てきたときは肝を冷やしたが、これも従業員に返し、ようやく無罪放免となった。

同じフロアの紳士服コーナーに残した買い物カゴの精算を終え、早紀は逃げるように店を後にした。そのまま父の手を引いてタクシー乗り場へ行く。父を押し込むように車に乗せ、なんとか家へ戻った。

買い物でくたびれ果てた。しばらくぼんやりとテレビを見ていると、あっという間に日が暮れた。父もテレビの前のソファーに座ったままだ。出かける前とまったく同じ姿勢でうつらうつらとしていた。

夕食は、残り物の野菜と冷凍しておいた肉で手早く肉野菜炒めを作る。ご飯をよそいながら声をかけるが、父はソファーから動こうとしなかった。

「これ、食べるよね？」

ならば切り札を見せるしかない。食卓から父に向かって落花生の袋を掲げる。父はさっと立ち上がり、不思議そうな顔をした。

「ほお、いいのがあるんだな！」

案の定、落花生を買ったことを父は忘れていた。

父は殻を器用にむき、豆粒を次々と口に放り込んでいく。

「うんまいなー」

何度もうなるように言った。もうそれだけで機嫌がいい。

早紀の口から、ため息と失笑が同時に漏れた。今から父に、好物とは言えない肉野菜炒めを食べさせるのが億劫になった。父の皿にラップをかけ、そのまま冷蔵庫にしまった。

翌朝、早紀は午前五時に布団から抜け出した。

今日は朝から仕事が入っている。早紀は父のために簡単な朝食を用意し、シャワーはあきらめて五時半に家を出た。ヘルパーは九時に来る。三時間以上も父を一人にする形だが、昨晩はずいぶんと落花生を食べて夜ふかし気味だったので、目を覚ますのはヘルパー来訪の直前になるだろう。

新宿《しんじゅく》駅で湘南《しょうなん》新宿ラインへ乗り換えた。栃木県のK町で、自動車工場の集団健康診断が行われるのだ。

駅からタクシーを飛ばし、目指す会社の工場に着いたのは八時十分前。工場の広い構内を歩くのに時間を取られ、健診会場となる食堂棟に着いたときは、八時を少し回っていた。

「遅刻、遅刻！　十分以上過ぎると、時給減額ですよ！」

受付で若い男に叱責される。横柄《おうへい》な態度を取られるのは、慣れっこだった。すでに来ていたスタッフからも冷たい視線が投げかけられる。声の主は医療系人材派遣会社の担当者。名前は、黒岩《くろいわ》と言った。

健康診断の集合時刻は早い。

会場や機器のセット、手順の確認などに時間がかかるためだが、もともと始業時刻が早い工場などでは午前六時、七時の現地集合が求められることもある。

それでも、この仕事はほしい。健康診断は春と秋に集中し、冬には仕事がなくなる。この仕事だけで家族を養うには、会場が遠方で条件が悪くとも引き受けざるを得ない。父の介護のために自由な時間を確保するには、それくらいのことを我慢するのは織り込み済みだ。

持参した白衣に袖を通す。朝礼を兼ねた打ち合わせでスタッフの紹介が行われた。

この日、約六百人の工場従業員を担当するのは医師三人、看護師八人、検査技師二人、保健師三人、事務スタッフ三人だ。ほぼ全員が各地の健診を渡り歩き、フリーで働く者たちだ。早紀自身も、時給で働く日雇いのアルバイト医でしかなかった。

「坂東です、よろしくお願いします」

一日だけの付き合いとなるスタッフ同士で、フルネームを名乗る者など誰もいなかった。ほかの二人の男性医師は名字すら名乗らず、早紀と目を合わせようとしない。一人は早紀の父とそう変わらない高齢の医師で、もう一人は研修医かとも見える二十代の医師だった。年配の医師は不機嫌さを隠そうとせず、横柄な口調で看護師に指示を出す。そのくせ工場長が現れたとたん、へらへらと愛想笑いを浮かべた。

早紀が研修医のころ、鬱になった先輩医師が、「CLか健診医でもやって食いつなぐか」と言って医局を辞めたことがある。

CLとはコンタクトレンズ診断を行う医師で、本来なら眼科医がすべきところだが、他科の医師が短時間の研修をしただけでやっている場合もある。眼科医の仁美が聞けば怒るだろう。そして後者の健診医が、今の早紀にとっての唯一の仕事だ。

かつて早紀は、母校・中央医科大学附属病院で循環器内科医として働いた。人間の臓器の中で、最もエネルギッシュであり生死に直結する心臓は、最高に魅力的な器官だった。心臓を取り巻く血管の閉塞を除去するカテーテル治療という手技は、患者の命を劇的に救う。内科でありながら外科的な治療を行える循環器内科は、早紀にとって理想の医局となるはずだった。

しかし、待っていたのはあまりに忙しい毎日だった。シングルマザーとしての生活とキャリアの両立を目指したものの、その挑戦はわずかな期間で破綻した。あのころは睡眠不足も激しく、何かを考えるどころか「一分一秒でもいいから眠りたい」としか思えなくなっていった。

あるとき幼い翔を父に預けたまま、病院から家に帰れない日が九日間続いた。久しぶりに家に戻ると、翔が父の目を盗んでゲームに熱中し、昼夜逆転の生活に陥っていた。それを見たとき、これ以上、この仕事をやってはいけないと確信した。

「子供を出産したあとも、医師を続ける気がありますか？」

「その場合はあなた、どうやって育てていくつもりですか？」

「妊娠は女性にとってメリットですか、それともデメリットだと思いますか？」

高校三年の冬。中央医科大学の面接試験で、居並ぶ男性教官たちから矢継ぎ早に問われて絶句した記憶がある。「お前が落ちるはずがない」と担任教師に太鼓判を押されて臨んだ入試は失敗に終わり、一年浪人した末にようやく合格した。二年目の面接試験では幸い、答えようのない質問が繰り出されることはなかった。

循環器内科医としてキャリアを積む道をあきらめ、早紀は大学病院を去った。

子育てと睡眠の時間を得るため、市中病院に移って週三日のパート勤務医となったのが最初の転身。その後、父を介護するための時間を十分に確保する必要から、最終的に流れ着いたのが今の仕事だ。未熟な医師でも働けるという点から、臨床医にとって最底辺の職場に位置づけられているのは確かだ。

黒岩のかけ声で健診の受け付けがスタートする。身体測定に始まり、視力・聴力検査から、血圧の測定、尿・血液検査、心電図チェックとレントゲン撮影へと流れる。工場の従業員たちは、まるで自分たちがベルトコンベアの上に乗ったように、順番に各ブースを回る。最後のコーナーが、早紀たち医師による問診だ。

「……お願いしまあす」

「はい、こんにちは」

最初の受診者が、作業着姿のまま早紀の前に座った。

白いカーテンで区切られたスペースで交わされる言葉は最小限だ。たいていは挨拶もなく、「胸を出して深呼吸」「後ろを向いて」「はい、いいですよ」という三つのセンテンスで終わる。

「オレ仕事あんだよ、姉ちゃん。早くして」

ちょうど三十人目の受診者は、面倒くさそうに診察椅子に座った。その次の受診者は、

「親戚がさあ、健診のあとに急死したんだけどさ、これって意味あんの？」と、疑わしそうな表情を浮かべたと思えば、直後に「でも、逆に変な病気を見つけられたら嫌だなあ」と、まるで忌まわしい物を見るような目で早紀を見た。いずれも軽く笑ってやり過ごす。プライベートなことをねちねちと尋ねられるよりはずっとましだ。いちいち真に受けて相手をしたり、腹を立てても意味はない。

午前中の最後は、長く糖尿病を患っている受診者だった。一度、自己判断でインスリン注射をやめてしまい、激しい高血糖になって倒れてしまったことがあるという。

「通院は続けていますか？」

内科医だった早紀には、インスリン中断のリスクがピンときた。気をきかせ、最近の内服状況について尋ねたところ、カーテンの外から声がかかった。

「坂東先生、時間、押してますからね」

派遣会社の黒岩だ。

「余計なことはいいです。午後も三百人来るんですよ」

ベルトコンベアは、スムーズに流れることだけが期待されている。「健康診断は予防医学」という意識は、この男には薄い。最後の患者が出てゆくと、早紀は、冷たい唐揚げ弁当を手渡され、カーテンの内側でぼそぼそと食べた。

午後も同様の流れ作業が続いた。五時になり、予定された健診時間がようやく終了となる。問診用のカルテに自分の担当分、約二百人のデータを書き上げ、右手が痛くなった。何度も聴診器をつけたりはずしたりしたせいで、さっきから耳がひりひりしている。硬いパイプ椅子のせいか、お尻が痛い。どれも、いつものことだった。

早紀は、家から持参した聴診器をカバンにしまう。心臓病の世界的権威であるデビッド・リットマン博士が開発した３Ｍ社製の高性能な聴診器。大学病院では、これを手に重い心臓病に悩む多くの患者を診断してきた自負がある。だが今日は、一体どれほどの役に立っただろう。

黒岩が示した支払伝票にサインをして会場を後にする。この日のペイは、時給七千円だ。世間で言う高額報酬に入ることは早紀も自覚している。ただ、数年前までは時給一万円が標準だったのが、徐々に下がってきている。

しかも今日のバイトは、税金と交通費も込みだ。東京からの電車賃とタクシー代を差し引き、往復の通勤に計五時間かかることを考えあわせると、正味の報酬はずいぶんと色あせて見える。夏と冬に健診の仕事が少ないことも不安材料だ。

早紀の胸の中で、家に残してきたもう一つの不安が頭をもたげた。スマホから自宅の電話番号をタップする。介護を終えたヘルパーが、父の様子を伝言メモとして録音しているはずだった。

「今日のお父様はご機嫌も良く、元気に過ごされていました。朝もお昼も完食、トイレの失敗もありませんでした。それでは、失礼いたしまあす……」

早紀の疲れた体に、安心感が広がった。駅に着いたらご当地名物の餃子を買って帰ろう。お父さんの好物だから。だけどヘルパーの藤沢《ふじさわ》さん、外鍵をちゃんとかけてくれただろうか。父が徘徊してしまうと、また大騒ぎになる——。

早紀は夕焼けの工場内を走り始めた。

家に戻ると、父はソファーに座って、うつらうつらしていた。テレビがつけっ放しで、落花生の袋がほとんど空になっていた。

翌日の明け方四時過ぎ、早紀は異臭に気づいて目が覚めた。父は、紙パンツをはいて寝たのに、背中までぐっしょりになるほど下痢をしていた。落花生を食べ過ぎたせいかもしれなかった。酸っぱい便臭に耐えつつ、寝巻きを脱がせ、父を風呂場に入れる。浴室用の椅子に座らせ、体全体をシャワーで流した。

父の体を拭き、肩からバスタオルをかけて居間のソファーに座らせる。すべらないように体を支えた瞬間、ひどく腰が痛んだ。秋の過ごしやすい時期。しかもまだ明け方だというのに、部屋の中はTシャツ一枚でもひどく汗ばむ。

居間に父を残したまま、下着を取りに行った。一昨日買った二枚一組のシャツを袋から引っ張り出す。まずはメーカー名や洗濯方法を記したタグを切り取る。そうしておかないと、父は「ちくちくする」と言って怒りだすのだ。

小さなタグをしっかりとつまみ、洋服からちぎれそうになるまで引っ張る。そうして、タグの根元のギリギリの場所を、眉毛切りの尖った先端で少しずつ切る。最後まで切り終えた瞬間、伸ばされていた生地は、緊張が取れて勢いよく戻った。

下着を手に居間へ戻ると、肩にかけたバスタオルは落ち、父は裸になっていた。

「寒い！」

父が険しい顔で早紀をにらみつけた。

「ごめん、ごめん」

「寒い！　寒い！　何やってんだ！」

「ごめんね。ちくちく切ってたから」

新しいシャツを頭からかぶせる。さらに、緑色のニット・セーターのタグも取って父に着せた。よく似合う。クリーム色のスラックスを合わせた。

「お父さん、カッコイイ」

そう言うと、父はようやく満足そうに笑った。

このごろになってのことだ。ようやく父に対し、おだてるような口調で話しかけられるようになったのは。それでもまだ、カッとなってしまうことはある。あんなにも優しく、知的だった父が、怒鳴り声を上げ、生活能力を失い、奇行に走る。早紀にはそれが、父がふざけているとしか思えなくなるときがある。

七年前だった。同居していた父が、ゴルフから帰ってくるなりポツリと言った。「ゴルフのスコア計算ができなくなった」と。大好きなゴルフだったが、もう二度と行かないとしょげていた。測量機器のメーカーに勤めていた父が、そんな簡単な計算ができなくなるのはおかしいと病院に連れて行ったところ、アルツハイマー型認知症と診断された。まだ七十五歳だった。早紀は市中病院のパート勤務も辞めざるを得なくなり、フリーになった。中学生だった翔の世話と、父を介護する時間を確保するためだった。

早紀は、居間に捨て置かれたバスタオルを拾い上げた。ゴルフコンペの賞品として父がもらってきた品だった。ゴルフ道具やウェアはすべて処分した。あのころの父の快活さを知る品は、もはや数少なくなっている。

父の認知症は徐々に進行し、ゴミ箱に放尿したり、迷子になったりと、目が離せなくなった。今は、ヘルパーに昼間の数時間をみてもらい、夜は早紀が見守る。介護負担は増える一方だったが、翔に応援を求めることはしなかった。勉強や学生生活を優先してほしい。

その思いは、翔にも伝わっているはずだ。

大学病院の循環器内科は、来院する患者の病態がはっきりとしており、何をどう治療すればいいのか、自分の使命が自覚できた。心筋梗塞の患者が運び込まれて来てから、カテーテル検査をして、閉塞しかかった血管をバルーンと呼ばれる血管内の拡張器具で膨らませ、再び血流を灌流《かんりゅう》させて患者の命を救うまでの一連の時間が好きだった。

健康診断の仕事では、健康な人に聴診器を当て、心電図をとり、レントゲンを撮影する。もともと会社や学校に来られるような人を調べるのだから、ほとんど何の病気も見つからない。病気が見つかると、嬉しいとまではいかないが、どこかほっとするものを感じた。

健康診断を始めたばかりのころは、これからは予防医学の時代だと気負っていた。健康診断こそ、国民医療費を抑え、真の健康を守る医学なのだ、と。

だが、いまだにしっくりこない。それどころか、ますます心もとない思いが募る。

健康診断で正常だった人が、半年後に癌の終末期で入院したと知らされたことがある。健康診断の翌日に、突然死した患者もいる。そういう症例を見聞きすればするほど、こんなささやかな検査で異常が見つからないからといって、本当に「異常なし」と言い切っていいのだろうか、何かを見落としているのではないのか、と不安になった。その一方で、軽微な異常値に対して、さらなる検査を追加すべきか、一体何の検査がいいのか、過剰診療になるのではないか――。迷いばかりが生じてくる。

父はソファーに座って早朝のテレビ番組を見つめている。その表情から、父が認知症を患っていることはうかがい知れない。ため息が出るほどの、健康的な顔つきだ。

「お父さん、お茶飲む？」

「いや、いい」

一般的な健康診断は、認知症については無力だ。早紀はそう感じていた。

認知症の有病率は六十五歳から六十九歳で一・五％とされる。だが、企業や団体向けの集団健診や人間ドックで向き合う相手は、六十歳未満が圧倒的に多い。これまでに早紀が認知症の兆候を見つけ出したことはなかったし、そもそも担当する健診業務には、認知症の検査項目すらなかった。

テーブルの片隅には、父が服用中の薬や、過去の診断記録などが置かれている。つい二か月前に受診した健康診断の記録もあった。デイケアセンターのすすめで受けた集団健診だが、医師の問診では「アルツハイマー型認知症」という指摘はない。血圧とコレステロールが高いという点だけがコメント欄に記され、「その他、明らかな異常な所見は認められませんでした」と結ばれていた。

「——お父さん、どこ？　どこに行ったの？」

激しい不安感とともに目が覚めた。知らぬ間に、テーブルの上に伏せて眠り込んでいたようだ。

父の姿が見えない。また外へ出ていったのか。あわてて立ち上がる。父がソファーの脇で横になっているのが見えた。そういえば今朝、父も自分も午前四時に起きたのだ。

室内が異常に暑い。十月というのに夏日の予報が出ていれば当然か。このまま寝続ければ、父は夜中に寝られなくなるだろう。いよいよ昼夜逆転か——。

コントロール不能な毎日。いつも目の前の状況に追われている。早紀は、言いようのない焦燥感に駆られていた。

「散歩に行こう」

居眠りしていた父に声をかける。父は大きなあくびをすると、「やっこら」と言って、立ち上がった。外出といえば厚着する父は、いつものようにダウンジャケットを探し始めた。一昨日も同じ行動を取った。何とか制御しなければならない。

ダウンジャケットは押し入れの奥にしまってあるが、「クリーニングに出したからないよ」と嘘をつく。一昨日買ったブルゾンを渡すと、少し不満気ではあったが、それを着た。

認知症になると、やたらと着込むようになる。もともと動物に備わる防衛反応が強く出るためだと言う医師もいた。季節を問わず、鎧《よろい》のように着込む父。一体父は、何から身を守ろうとしているのか。

いつものようにベレー帽をかぶり、ウエストポーチをつける。

父の認知症は、まだらだった。できることと、できないこと、こだわることと、どうでもいいことが極端だ。

たとえば先月は、病院から戻ると、部屋が蒸し風呂みたいに暑くなっていた。父が暖房を入れていたのだ。いつの間にか、納戸にしまっていたファンヒーターを持ち出していた。その翌週はガスレンジが壊れたと勘違いして、近所の電器屋にレンジ台を持ち込んでしまった。ガスの元栓を閉めておいただけなのだが。

出てくる単語は、急速に少なくなってきた。たまに他人行儀に挨拶してくる日もあり、娘や孫を正しく認識しているかどうかも本当のところは分からない。

徘徊もあった。去年の年末、立て続けに三回行方不明となり、近所の人に連れられて帰ってきた。三回目の徘徊は、クリスマスの翌日だった。ヘルパーが鍵をかける直前に家を抜け出し、まる一日行方知れずだった。父が無事に帰宅したとき、早紀はほっとして体中の力が抜けるのを感じた。深夜まで駆けずり回って父を探してくれた翔が、凍りついた表情で父を見ていた。あれ以来、下着には名前と住所を書いた布を縫い付けてある。

父の手を取り、バスに乗った。国立駅南口のロータリーに着く。朝の通勤客の波に押し流されて駅の構内に入った。

下り電車に乗ってみるのもいいかもしれない、と思った。Ｓｕｉｃａを持っていない父のためにとりあえず初乗り切符を買い、人の流れから父をかばいつつホームに立った。都心方面でなければどこへでもよかったのだが、青梅《おうめ》線直通の電車が来たのでそれに乗った。優先席が一つ空いていた。父を座らせ、その前に立つ。

ぼんやりと窓の外を見る。あてもなく電車に乗るなどということは、父の介護が始まってからはなかった。目の前を通り過ぎるのは、いつか見た風景だった。ところどころに背の高いマンションが建っている。新しくできたものかと、記憶を探りながら目を凝らす。

次の駅で父の隣が空いたので座った。何度か大きな人の出入りがあり、四十分ほどたち、トイレ休憩も兼ねて下車する。

駅の男性トイレの目の前で、父を待つ。なかなか父は出てこなかった。自分がトイレに入っている間に、どこかへ行ってしまったのかと不安になるが、自宅でも父はトイレが長い。

ここはもう少し様子を見るしかなかった。

そのとき、バッグの中でスマホが鳴った。

「坂東先生、今いいすか?」

人材派遣会社の黒岩だった。

「再来週の木曜、埼玉の熊谷《くまがや》で集団あるんすけど、一本足りないんだよね。先生、入れません？」

「大丈夫、だと思います」

「確実？　じゃ、ペイはコミコミでいつもと同じ。メール送るけど、二本で三百人。七時半集合でよろしく」

「分かりました。いつもありがとうござ……」

礼を言い終える前に電話は切れた。「ドクター二人で三百人の受診者を見る、交通費込み時給七千円支給の集団健診」のバイトが入ったのだ。

冬枯れを前にして、仕事のストックは正直ありがたかった。早朝の集合時刻も腹は立たない。ただ、黒岩の使う「一本」「二本」という言い方が不快だ。人を物扱いするような言い回しだ。なまじ先生と呼ばれる分だけ、さらに陰湿だった。

早紀が深いため息をついたところで、父がトイレから出てきた。目尻を下げ、機嫌のよいときの顔つきだ。早紀も少しだけ嬉しくなった。このまま改札口を抜け、父とのんびり歩いてみよう——そんな気分になった。

初めての駅だった。外へ出ると人は少なく、その密度の低さから、遠くまで来たことを実感した。電車に乗って一時間もたっていないのに、新鮮な気分だった。駅前のベンチに腰を下ろす。父は、しばらくバスの動きを見ていた。そのうち、何かを思い出したような様子で歩き始めた。

「ちょっと待って、お父さん！」

あわてて引きとめようとしたが、早紀の手は届かなかった。真新しいブルゾンの袖が、早紀の手をすり抜ける。コントロールしようとしても、どうにもならない現実。目の前の状況にあきらめの念を抱きながら、早紀は父の後についていく。

父は、結構な早足だった。駅前からまっすぐ延びる道路を五分ほど歩くと、銀行のある大きな交差点で右に曲がった。近くに学校があるのか、管楽器を練習する音が聞こえてくる。うどん屋や消防署があると、父はそれを指して「うん」とか、「だな」と言い、それだけで言葉が続かない。早紀も相槌《あいづち》を打つものの、父が本当に何を言いたかったのかは、ほとんど分からない。

左手に、白い石造りの鳥居が現れた。神社の名を刻んだ立派な石柱が森陰に立つ。その奥は、ほら穴のように、どこか吸い込まれる暗さを湛《たた》えていた。

父は、最初からここに来る予定だったかのような顔を見せた。躊躇《ちゅうちょ》なく鳥居をくぐり、参道を奥へ進む。手水舎《ちょうずや》で手や口を清める手つきも、堂々としていた。本殿の前で手を合わせ、一通り周囲を巡る。ここが梅の名所であるという説明文を早紀が読んでいると、父がいなかった。

あわてて境内を捜した。

小さな石碑のある一角で、父はしゃがみこんでいた。

「勝手に行かないでよ！」

安堵《あんど》と疲労と怒りが交錯し、早紀は思わず叫んだ。

だが父は、早紀の言葉など聞く様子もなく、地面を指して叫んでいる。

「わっしわ！」

「何？」

「わっしゃあ」

「何なの？」

何回かのやり取りの末、それが「ワッシャー」であることに気がついた。

「どれ？」

父は袖をまくりあげると、石碑の下を指した。

「ほら、あれ！」

父は、何かのスイッチが入ると、とたんに饒舌《じょうぜつ》になり、強いこだわりを見せる。早紀は、父の指先を追った。

「どれよ?」

「あれ!」

イラついた声を出した父を、お参りに来た通りすがりの人が振り返るのが見えた。

「違うんじゃない?」

柵で囲まれた境内のさざれ石の周囲には、たくさんの硬貨が落ちていた。ほとんどが一円玉か五円玉で、たまに十円、まれに百円玉が交じっていた。

石の右斜め後ろに、金属片が半分、土に埋まっている。やや金色がかっており、おそらくパチスロに使うメダルか汚れた一円玉だろう。わざわざ柵を乗り越えて確かめるのは盗んでいると思われそうだし、バチもあたりそうだった。

測量機器メーカーで部品の開発をしていた父は、もう一度「ワッシャー」とつぶやいた。早紀の言葉など、まったく耳に入らない。まるで、自分一人の世界で生きていくと宣言されているようだった。

父に置き去りにされている――早紀は、そんな思いがこみ上げるのを抑えられなかった。

「お母さんのときと、同じだね!」

立ち上がった早紀は、父の背中にそんな言葉を投げつけた。

母は喘息《ぜんそく》の持病があった。夜中に呼吸困難に陥り、救急車を呼ぶことも何度かあった。早紀が小学五年生のときに、母は重い喘息発作で亡くなった。

あの夜、母はいわゆるウォークイン患者として、救急病院の夜間外来を受診した。待合室で椅子に座り、母は早紀の頭をなでつつ笑顔を見せた。その顔があまりにもつらそうで、「まだ呼ばれないの?」と、早紀は何度も尋ねた。

「重症の人が優先なのよ。お母さんは、まだ大丈夫。いつもみたいに、すぐよくなるから」

不安がる早紀を、母は息を切らせながら安心させた。手元の吸入薬を何度も使いながら。その吸入薬を手に握りしめたまま、母は待合室で気を失った。看護師や医師に取り囲まれ、あっという間に母はカーテンの向こうに消えた。そして、亡くなった。

父が病院に到着したのは、母が息を引き取って三時間もたってからだった。

遅くなった理由を泣きながら尋ねると、父は、プランジャだのセラミックボルトだのという部品名を挙げて、「どうしても加工が間に合わないパーツがあって、作業をしていた」と言った。早紀がその形状すら思い浮かばない機械部品名の中に、確かワッシャー——ロックワッシャーという物があったような気がする。

母の死は、悲しいというより苦しかった。体中が痛いと感じた。

そして、医師が足りないのなら自分がなろうと誓った。自分のようにつらい思いをする子供を作らないように、と。

母を失い、父は毎晩、大酒するようになった。父の体が心配でも、子供にはどうしようもない。家族が次々と壊れ失われていくようで怖かった。人生は上手にコントロールしなければならない——このとき早紀が得た教訓だった。

高校に入学した年の秋。酒に酔って深夜に帰宅した父に向かって、早紀は医学部を受験すると宣言した。無言のまま台所で水を飲んだ父は、仏壇の奥から預金通帳を取り出した。そこには、母の生命保険金がまだ手つかずで残っていた。

「医者になっても大変だ。卒後十年くらいは修業に費やされるぞ」

赤い顔をした父は、そんなふうに言い添えた。

一浪の末に医学部に入学したものの、卒業時は二十五歳、そこから十年間、三十五歳まで出産などしていられないとなると、生物として最も妊娠しやすい時期を失ってしまう。ならば、子供を作るのは学生の間しかない。早紀は当初からそう考えていた。

同級生の恋人ができ、大学二年の夏休みに出産した。だが、入籍はしても結婚したという自覚をいつまでも持てない男で、二年後には別れた。どうしようもない男だったが、子供を持てたことについてだけは、彼に感謝している。

翔は父がみてくれた。翔のために酒もやめてくれた。幼児の翔は「食べない」「着替えさせて」「お風呂は入らない」と、手がかかったが、父には素直に従った。小学校に入ってからの宿題も父がずっと手伝ってくれた。

祖父は医師だった。父は三男だったおかげで、好きな機械設計の道を選べたという。祖父と早紀が医師で、父と翔が工学系の道に進んだ。まるで隔世遺伝のようだった。

あの知的な父が、翔を育ててくれた父が、もう、今は自分一人で家に帰ることもできず、会話もほとんど成立しない。二度と昔の父には戻れないのだ。それを思うと、早紀は胸がつぶれそうだった。

「ワッシャーかどうかなんて、どうでもいいよ!」

やるせない気持ちと怒りが募り、早紀は再び叫び声を上げた。父はぽかんとした顔を向けて、大きなあくびをした。皺《しわ》だらけの顔がゆがんだ。

父を促し、神社の前にある「喫茶ポエム」という店に入った。早紀はスパゲティとコーヒーを頼み、父は、ハヤシライスにコーラを注文した。

店内のテレビは、お昼のNHKニュースを流している。聞こえてくるのは、医学部不正入試問題の続報だ。東都医科大学の第三者委員会が、女子学生や多浪生を不利にする得点操作だけでなく、学長らの指示で特定の男子学生を繰り上げ合格させる措置も取っていたとする中間報告を公表した――との内容だった。

そうしたたぐいの操作が行われていたのは、医学部合格者の男女比を見れば誰でも気づく。早紀にとっては八月に問題が発覚したときから、世間は何をいまさら大騒ぎしているのだろう、という感想しか持てない。

目の前の父は、ほうけた表情でグラスに入ったコーラをストローで飲んだ。そのとたん、激しくむせた。いつまでも咳《せき》が続き、足元につばを吐こうとする。早紀は、あわてて紙ナプキンを父の口元に持っていった。咳が落ち着くと、父は椅子に置いてあったベレー帽をかぶり直した。ウエストポーチの位置が気になる様子で、ベルトをもぞもぞとずらし、体の正面にポーチを置いた。

スパゲティとハヤシライスが運ばれてきた。父は、ゆっくりゆっくりとハヤシライスを口に運び、なかなか食べ終わらなかった。

食べ始めてから、一時間近くがたとうとしていた。

「お父さん、もう、残して帰ろうか」

ぼんやりと外を見ていたくせに、早紀が店員に料理を下げさせようとすると、父は、しっかりと皿の縁をつかんで離さない。ベレー帽の父を見ていると、いろいろなことが分からなくなったことが無性に悲しく、腹立たしかった。

「食べるなら、早く食べてよ」

思わず、声が鋭くなる。昨日、自分は五分で昼食の弁当を食べなければならなかった。そのつらさを知っているからこそ、父にはゆっくり食べさせてあげようと思った。だが、我慢も限界だ。少し怯《おび》えたように目をそらした父は、人をバカにしたように、もう一度あくびをした。

父に症状が出てから七年がたった。早紀が仕事から戻るたびに、家の中では何かが起きていた。テレビのリモコンが壊され、トースターの上に置かれたプラスチックのコップが溶けて異様な臭いを発し、ゴミ箱には便が入っていた。トイレットペーパーが便器に詰まり、廊下にまで汚水があふれていた。そういった「事件」を一つ一つ片付けるだけで、平日の夜はあっという間に終わった。過去に患者の命を救った経験も、何千人もの人を診て得た知識も、父のためには何の役にも立たない。

眼科医の仁美は、大学病院でオペチームのリーダーに昇格すると話していた。涼子は救急医として勤務先から頼りにされ、恵子も新生児科のナンバー2となってキャリアを積んでいる。自分も大学病院を辞めずにいれば、どんな毎日だったのかと悔やみそうになる。今の自分には、身を守ってくれる組織も、優秀で頼りになる同僚も、やりがいのあるタスクもない。仕事の場には「患者」すらいない。ただ、絶望的な状況の父だけが残されている。

鳩時計の音がした。一時だ。

「じゃあお父さん、お勘定するから」

手からスプーンを取ろうとすると、父は大声を出した。

「やめろ！」

店中の客の視線が一斉に集まった。父とは思えない声と表情だ。早紀は恥ずかしさで身が縮むと同時に、むなしい気持ちになる。

いくらやっても、感謝やねぎらいの言葉がない。それが、病気のせいで仕方がないと分かっていても、耐え切れなくなりそうだ。

喫茶店のマスターに来てもらった。父は、自分よりも強そうな男性には大人しく従うのだ。スプーンを返し、現金で会計を済ませると、早紀は父の腕を引きながら、外に出た。

「大変ですね」

マスターがかけてくれたのは、来店の礼ではなく、同情の言葉だった。

喫茶店の外は、青空だった。初めての場所で、行くあてもなく、再び神社に戻った。父とのんびり歩こうという気持ちは、もうどこかに消えていた。

人はいるのに、境内は不思議に静かだった。父は、ワッシャーのこともスプーンのことも忘れたのか、穏やかだ。ときおりの風で木々の葉が揺れている。

突然、父に手を引っぱられた。

「な、なに？」

「あれ、あれ、あれだ」

父が何度も繰り返す。吉祥寺で好物の落花生を買ったときと同じセリフ。言葉が出てこない父が、何かを早紀に訴えている。

社務所の前に出た。頒布台の上に、幾種類かのお守りやお札などが並べられている。父の意図がやっと分かった。

「おみくじ、引くの？」

早紀は、みくじ箱を取って父に渡した。父は嬉しそうに角柱形の箱を両手で抱えた。軽く一度だけ振って、小さい番号の書かれた棒を取り出す。

みくじ箋を巫女《みこ》から受け取り、「大吉」という文字を見せると父は満足そうにうなずいた。早紀は、冒頭に書かれた「運勢」を父に読み聞かせる。

「うつくしいこころ、皆和気あって運気豊盛となる。上下の和合、上長の敬に神明の加護あり」

早紀の口から、力ない笑いが漏れた。皮肉にもほどがある。家族は仲が良く、今の運勢は最高で、これからもますます幸せな日々が続くというのか。これ以上、子は親をうやまえというのか。冗談にしか聞こえない。

今日もまた、父の介護で一日が終わろうとしている。

境内のベンチに父を座らせた。ベンチの板と板の間に小さな細長い虫が這《は》っているのをしばらく目で追った。自由に身動きできず、決められた細い溝をもがくように這っている。

息子の翔や自分を育ててくれた父を、しっかり介護すべきだと思っている。だがその一方で、父に感謝されたい自分がいる。

認知症はあるが、まだ体は健康だった。血液検査の数値は正常で、心臓や肺にも問題はなく、足腰の活動性は人並み以上だ。こういう生活がいつまで続くのか。このまま父の介護を続けていくのかと思うと、奇妙な焦燥感で息苦しくなる。いつか父の死を願ってしまいそうな自分。早紀は軽い吐き気を覚えた。

じりじりと体が焦げるように感じられる。飲み物は飲んだばかりだが、まだ渇きで喉がひりつくようだ。早紀はいてもたってもいられなくなった。

「何か、飲み物を買ってくるね」

父の返事を待たずに、早紀は立ち上がった。振り返ると、父はベンチの上で、うつらうつらとしていた。

境内の外にある自動販売機でペットボトルのお茶を買い、早紀はそのまま駅へ向かった。

徘徊で行方不明になる認知症の高齢者は、年間一万人にもなるらしい。認知症人口は四百万人を突破した。徘徊から行方不明になる高齢者は、今やごく当たり前の社会現象ですらある。

父が着ている服は、一昨日、スーパーで買ったばかりの新品だ。名前を縫い付けたものは、ない。

駅に向かって踏み出すたびに、足底にふわふわとした得体の知れない感触を覚えた。手のひらや脇、背中や尻など、体全体から汗が出る。自分の手足が細かく震えるのが分かった。

改札口から駅構内に入った。

さっきからシャワシャワとした音が頭に響く。それが木々の葉が擦れる音なのか耳鳴りなのか、分からなくなっている。一人でホームに立つ。どこまでも続く線路が、歪んで見えた。

上りの電車は、なかなか来ない。

父はまだ、あの神社のベンチに座っているだろう。どこから、誰と来たのか――それを尋ねられても、もう父は答えられないはずだ。一分前のことをすっかり忘れ、住所や電話番号どころか、生年月日や名前すら言えなくなっている。しばらくたてば、早紀の顔も認識できなくなるかもしれない。

上り電車を二本、それに下り電車を三本見送った。

ホーム中央でたたずむ早紀の横に、中年女性が立った。目が合った瞬間、女性は激しく咳き込んだ。犬の遠吠えのようで、母の咳に似ていた。二度と母のような人を作らないために医師になると誓った日を思い出した。そして、なかなか病院に来なかった父のことも。

次に乗る――早紀は心に決めた。はるか遠くで雷鳴がとどろいた。

ゆるゆるとホームに入ってきた電車は、東京行きだった。乗客はまばらだ。早紀はドア近くの席に座って目を閉じた。

見知らぬ町の、人けのない駅頭。そんな場所に父を呼んでしまったことがある。高校時代、失恋して学校帰りに親友の家で話を聞いてもらっていた。深夜になって父が現れた。「迎えに来たよ」と。「帰らない」と言って父を追い返そうとした。すると父は、親友の母親に、「女親がいないもので、ご迷惑をかけてすみません」と頭を下げ、ジャージの寝巻きとメロンを置いて行った。早紀は駅まで父を送りに行った。ホームの先頭に立った父は、「明日になれば、いいこともあるさ」とつぶやいた。

翔が生まれてからは、好きだった酒を断ち、風呂の世話からオムツがえも器用にこなしてくれた。小学校に入るとき、鉛筆一本一本に翔という名前を書いてくれたのも父だった。

なかなか電車は発車しない。アナウンスが流れてきた。

「ただいま、お客様の忘れ物を捜しています」

後方の車両から車掌が走ってきた。左右の網棚をチェックし、また走り去っていった。

「お待たせいたしました。間もなく発車します」

そのとき、たたきつけるような雨の音がした。突然の夕時雨《ゆうしぐれ》だ。直後に、服を濡らした男性が車内へ駆け込んできた。父と入った喫茶店のマスターだった。彼は、髪を手で整えながら早紀に気づき、「どうも」と笑顔を見せた。

窓から見える風景が、さらに白くなった。

あの雨の中に、父がいる。傘もささずに一人きりで——。

「あの、降ります。降りまーす!」

早紀が叫びながら座席を立った瞬間、ドアの閉まる音がした。

——ガトトト、タタン。

男の太い腕が、先に動いてドアを押さえつけていた。マスターだ。閉まるのを止めてくれたのだ。ホームで笛が鳴り、すべての車両のドアが再び開いた。

「すみません」

礼を言って、早紀は秋雨のホームへ走り出した。後ろを振りかえる余裕はなかった。雨でメガネが曇り、前もよく見えない。

「何やってんだか」

吐き捨てるように言った。自分に対してだ。

改札口を走り抜ける。顔に当たる雨が、頬を流れた。ときおり小さなうめき声が漏れ出て、初めて自分が泣いているのに気づく。

鳥居をくぐり、境内へ走り込んだ。

夕刻の薄暗がりの中に、父はいた。頭上を覆う木々の葉とベレー帽のおかげで、体はさほど濡れていない。

さっきと同じ姿勢でベンチに座り、うつむいたままじっとしていた。

背後からベンチにそっと近づく。ベレー帽をかぶった父の頭は微動だにせず、眠っているようだった。

「迎えに来たよ」

早紀は父の手を取って、声をかけた。

怯えたような表情の父は、「誰だ？」とつぶやいた。

「早紀よ」

それでも父の目は戸惑っていた。

「お父さんの子供の、早紀よ。サ、キ！」

父の耳元で何度も繰り返す。

どこが間違っていたのだろう。こんなに一生懸命やってきたのに。

父の膝の上で、みくじ箋が濡れそぼっていた。「待人」の欄には「来るが遅し」とある。

ふっと笑いが漏れ、それと同時にまた涙があふれ出た。

国立の家に戻り、父を風呂に入れた。夕食を終えたころには午後九時を回っていた。

父のシャツやズボンと、早紀が着ていたポロシャツやジーンズが洗濯機の中で回っている。帰り道の雨でよれよれになったベレー帽の形を整えた。

雨水でしっとりとしたウエストポーチを開く。中には、いろいろな物が入っていた。古い写真やメモ、はがき、レシート、小銭、飲み残した薬や処方箋。

サイドポケットからは、吉祥寺のスーパーのタグが付いたままの女性用下着が出てきた。父が万引きしたと思われても仕方がない。またも深いため息をつくしかなかった。

そして、いつもは手を触れない奥の隠しポケットを探ると、不思議な物が出てきた。早紀は、はじかれたように立ち上がってスマホを手にした。

「もしもし……」

電話口の先は、静けさに満ちていた。

「ママ？　なに、どうしたの？」

こんな時間である。宴会の真っ最中で仲間の騒ぐ声でも聞こえてくるかと思ったが、予想外だった。

「ああ、合宿って言っても、研究室での泊まり込みなんだ。マウスの観察を二十四時間体制で完全にコントロールして、実験成果を高めるためにね」

ぼそぼそと翔が答える。眠そうな声だった。

「監視してたのね？」

「何を」

「おじいちゃんを！　ポーチ開けたよ。これ、GPS発信機だよね」

手の中で早紀は、使い捨てライターほどの大きさの装置をもてあそんだ。

一瞬の沈黙の後、翔は話し始めた。大学の先輩が自作した小型機を昨年末に譲り受けたこと、父のウエストポーチに入れて、年明けから居場所を確認していたこと。

「監視って、人聞き悪いこと言わないでよ。おじいちゃんが徘徊しないかどうか注意していただけだろ」

「なぜ言わなかったの」

翔はまた黙っていた。

「――ママが、悲しむから」

意外な答えだった。

「どういうこと？」

「おじいちゃんが、いろんなことができなくなってきて、ママ、すごく悲しんでたでしょ。徘徊も、俺がフォローすればいいかと思って……」

父がさまよい歩く様子をGPSで確認すると、翔は友人たちの助けを借りては見つけ出し、こっそり家へ帰していたという。三回立て続けに起きた父の徘徊は、年明け以降一度も起きていない。その理由は、翔だったのだ。

早紀は、はっとした。あの神社での出来事も、翔は見ていたのだろうか――。

「……家の、リビングの、そこにあるPCもさ、おじいちゃんの様子を知るために置いた」

早紀は驚いて振り返る。ずぼらな翔の性格ゆえと思っていた。だが、画面を開いたままにしたラップトップは、ウェブカメラの役割を果たしていた。翔は、家の中でも父の動きをモニタリングしていたというのだ。

電話を終えた早紀は、不思議な感覚にとらわれていた。父や、父の病気に関心なさそうだった翔が、こんな思いを持っていたとは――。

「俺も悲しいんだよ。すごく心配なんだ。だっておじいちゃんは、俺にとっては父親だから……」

翔は涙声になっていた。

生命工学研究室でマウスの観察を続けながら、自分の研究が将来の医薬品開発につながるのを願っていること、それは、若いころの父が機械部品の開発に夢中になったという話に触発されたことがきっかけだったと話した。

翌朝、早紀は父とともに吉祥寺のスーパーを再訪した。

二階の女性下着売り場。レジカウンターで頭を下げ、早紀は商品の返却を申し出た。

従業員が、「うわっ」という小さな声を上げ、訝《いぶか》しそうに父を見た。ひるんではいけない。自分が父のために、代弁者にならなければ――。

「大変申し訳ありませんでした。認知症という病気なんです。父に盗むつもりはなかったんですが、結果的にこんなことになりました」

早紀が差し出したのは、父が売り場から持ち帰った二枚のパンツだった。一つは、女児用。もう一つは、ゆったり目のＬサイズだった。ともに、ウエストポーチのサイドポケットから出てきた品だった。

昨日の夜、風呂上がりの父に、早紀が理由を尋ねた。忘れているだろうとは思ったが、驚いたことに、父はよどみなく答えた。

「こっちは早紀の。こっちは、母さん……」

「お母さんの？」

「……持ってってくれ、病院に」

喘息持ちの母は、やせ型だった。だが、体を締め付ける下着が嫌いな母は、いつも二サイズ上の物を身につけていた。

父は覚えてくれている。母のことも、自分のことも。

子供のころに大好きだったイチゴのプリントが入った下着を手に、早紀は涙が止まらなかった。

「お父さん――」

あのころの父に、会いたかった。もう一度だけ会って、抱きしめてもらいたかった。

けれど、これからは父のためにも、翔のためにも、自分がしっかりしなければ――。

◇◇◇

――一九九八年五月

解剖学教室は、いつも特殊な雰囲気に満ちていた。街の緑が濃くなる季節を迎えても、講義棟の地下は影の中にある。暗い廊下から教室に入るときに一礼し、保存液の強い臭いを感じつつ、ご遺体に敬意を払うところから実習は始まる。

「ご遺体は一年から二年前に亡くなられ、皆さんのご両親、あるいはおじい様、おばあ様に当たるくらいの方々です。崇高な意志を持って、医学生のためにと献体に応じてくださいました。そのことを皆さんは決して忘れないようにしてください」

城之内先生がそう言った瞬間、早紀はご遺体を、生きていた人として強烈に意識した。目の前のご遺体には、かけがえのない人生があったはずだ。どんな生涯だったのか、そして、どんな気持ちで献体をしようと決意したのか。母のような人であったかもしれない。そうした思いは現在も変わらない。

骨学《こつがく》から始まった実習で、少し背骨が曲がり、黄ばんだ骨標本を見て驚いた。なんとそれは、初代の解剖学教授の骨だったからだ。

自分はどうなのだろう。医学への覚悟は誰にも負けないつもりだ。ならば、献体する覚悟があるのか——そう考え、早紀はぞくりとした。並々ならぬ志がなければ決意できるものではない。せめてご遺体に恥じない医師になろうと改めて誓った。

同じ解剖班で真っ先にメスを進めるのは早紀だ。メンバーに男子学生がいたら、この役割は奪われてしまっていただろう。そう思うと、早紀は女子ばかりの解剖班に入れてよかったと思う。

実習が始まったとき、早紀はすでに妊娠七か月目に入っていた。そんな事情を配慮して、女子学生ばかりの班にしてくれたのかもしれない。解剖班の発表があったとき、早紀は密かに安堵し、城之内先生に感謝した。そして先生のためにも、妊婦がいて損をしたとほかのメンバーに思われないよう、スケッチも口頭試問も最高点を目指した。

ご遺体はどれも同じではない。自分が担当するご遺体は、すぐに見分けられる。実習が進むにつれ、ほとんどの皮が剥がされ、深部の構造を観察するために筋肉も切られているが、それでもなお識別できるのは我ながら不思議だった。筋肉の色や足の伸びる方向、自分が切った筋肉の位置や角度は、詳細に記憶した。どの体もすべて違う。目の前にいるのは、かけがえのない一人の人間なのだ。

今日は横隔膜より上の内臓を観察する予定だった。まず、肋骨切断用のハサミで体の両外側を一本一本切る。肋骨をはずし、そっと持ち上げた。左右に大きな肺が広がり、中央には膜に覆われた心臓が見える。

早紀はご遺体の胸に手を差し込み、灰色がかったピンク色の肺をそっと押した。肺は、水を含んだスポンジのように弾力を持ち、指の圧力に応じてへこむ。押しては戻る感触が手に残る。こうやって呼吸をし、この人は生きていたのだ。

「あっ！」

斜向《はすむ》かいの席で、涼子がメスを振りかざしながら小さな悲鳴を上げた。涼子は行動的なのだが、同時に動きが読めないときがある。解剖という危険な作業では、愚鈍なくらい落ち着きがある方が一緒に仕事しやすい。

「危ないから、それ振り回さないで！　何なの？」

隣で頸部の血管を処理していた恵子が手を止め、涼子をとがめる。

「イヤリング、持ってくるの忘れたわ」

涼子がまた上の空になっている。これだから成績も上がらないのだろう。

「今日もデート？」

恵子も恵子だ。放っておけばいいのに、どうして涼子の雑談の相手をするのだろう。そう思う早紀も、聞き耳を立てているのだが。

「ホルモン亭《てぃ》で食事するんだ」

涼子が少し自慢気に言った。

「いいなあ。あそこ、なかなか予約取れないよね」

恵子がうらやましそうな声を出す。

「そんなことよりほら、肺のここを押さえてて。肺門部の血管と気管を切るから」

早紀は、イライラした声になっているのを自覚する。本当は、いい加減におしゃべりはやめてと言いたかった。解剖の進行が、ほかの班より遅れているからだ。計画通りに進んでいないと、早紀はひどく城之内先生に申し訳ないような気持ちになる。仁美と涼子に肺を押さえさせつつ、肺の中央部の血管や気管を慎重に切った。すべての切断が終わると、大きな肺が取り出せた。

断面を観察する。しなやかな血管に比べて、気管の壁は硬かった。

「でも涼子はこんな日に、よくモツなんて食べる気になるね。私も、そういうのは案外平気だけど」

「ホルモンって、内臓料理《ジブレッツ》だったの？　うげげ、あたし知らなかった！」

涼子がガイジンのような大げさなジェスチャーで異様な声を出す。早紀はうつむいたまま作業しながら、そんな調子だから単位を落とすのだと言いたかった。

「そこ！　何してるのっ！」

突然、城之内先生の大声が聞こえた。

ぎょっとして早紀は顔を上げる。先生は、涼子の方をにらみつけていた。

「ご遺体の篤志をどう思っているの！　感謝して学べないなら、出て行きなさい」

涼子の背後にいた男子学生が使い捨てカメラを手に、顔を真っ赤にしていた。隣の班だ。解剖台に目をやると、ご遺体はメガネをかけ、切開線を引くための油性ペンで頬に渦巻きが描かれていた。胸元には「献体バカボン」と書いた紙が置かれている。一か月後、その男子学生は退学処分となった。

そんなことがあってから、城之内先生の監視はますます厳しくなった。スケッチブックをチェックする頻度も増し、口頭試問でも容赦なく落とした。

班の中では、涼子が問題児だった。だが、彼女なりに熱心に取り組んでいた面もある。総合的に見て、自分たちの班はまずまず順調だった。

このごろ学生たちの間で「もぐる」という言葉が使われるようになった。地下の解剖学教室へ作業に行くという意味だ。

目的とする部位や臓器を浮かび上がらせるように剖出するのは、時間がかかった。実習時間中に作業が終わらなかった班は、放課後に時間を見つけて残業するのを許された。もっとも、夜になっても解剖学教室で作業を続けようという勇気のある学生はほとんどいなかったのだが。

早紀の班で、最もよく「もぐり」に行ったのは、涼子だった。

「もぐる、あっ、もるぐ」

涼子は冗談めかした言葉で宣言すると、さっさと地下の教室へ向かう。行動が早い上、一人深夜まで残るのもいとわない。成績は振るわないが、実務をこなす底力があると知り、早紀は少し見直した。

その日の夕方、早紀は涼子と二人でもぐっていた。妊娠に伴う体調不良で休憩をもらうことも少なくないため、体調がいいときはなるべく参加しようと決めていた。

「今年、向井《むかい》千秋《ちあき》さんが二度目の宇宙飛行をすることになったらしいね」

解剖作業を進めながら、涼子が話しかけてきた。

「へえ、すごいね。城之内先生と同じくらいの歳でしょ」

「うん、たぶんそれくらい。四十代半ば？」

ぽつりぽつりと脈絡のない雑談をするのは、いつものことだ。

「宇宙に行けなくても、女性教授だってすごくない？」

「早紀も頭いいから、可能性はあると思うよ」

涼子が真面目な顔で言う。早紀自身も、まんざらではないと思った。

「女は得だよなあ」

唐突に下卑た声がした。隣の班で、やはりもぐりに来ていた男子学生だ。

「どういう意味よ」

涼子が気色ばむ。

「知らないの？　学長の女って。なあ、リュウ」

「あ？　ああ」

リュウと呼ばれたもう一人の男子学生が、ご遺体を見つめたまま答える。

「リュウの父ちゃんが糖尿内科の教授じゃん。だから情報入ってくんだよ。城之内先生は、前の教授が体調崩して、急遽《きよ》、後任を選ばなきゃならなくなって、学長がひとまず思い通りになる人間を選んだらしいよ。ま、タナボタだな」

リュウは解剖の手を止め、伸びをした。

「べらべらしゃべるなよ。いいじゃん、どんな手を使ったって。どうせ、ちゃんとした教授が来るまでのショート・リリーフだってさ。ああ、腹減ったな。なんか食いに行かねえか」

「おう。俺、ラーメン食いてえ」

二人は連れ立って出て行った。

「何、あいつら。『ちゃんとした教授』って、何よ」

早紀はひどく不愉快だった。城之内先生ではなく、自分が侮辱されたように感じた。

「ちゃんとした——男の教授ってことよね。むかつく」

涼子が怒りをにじませた表情になる。

「うん、すっごく不愉快」

早紀もそう答える。涼子の言う通りだ。そして、それが世の中の「常識」なのだ。

「でも早紀は、あんまり怒っちゃダメだよ。お腹の赤ちゃんに良くないから。あんなのどうせ男の嫉妬だし。私たちは私たちで、頑張ろう。早紀、ほらスマイル、スマイル」

涼子が、早紀にほほえみかける。早紀は不思議だった。成績はパッとしない涼子なのに、こういうネガティブな感情については達観しているというか、うまくかわす術を持っている。

「そうだね、ありがとう」

本当に頭がいいのは涼子かもしれない、と早紀は思った。

もぐりに行く際に涼子の言う「もぐる、あっ、もるぐ」が、「MOGURU at the morgue」（モルグ＝死体保管所で、もぐる）という英語であると知ったのは、解剖実習の中盤を過ぎたころだった。

# 第四章　エスコート・ドクター——涼子

「女性医師の前には、社会生活でも職場でも敵意に満ちた壁が立ちはだかります。それによって痛みを伴う異常な孤独に陥り、援助も敬意も、仕事に関する助言もないまま、彼女は置き去りにされるのです」

（ブラックウェルの言葉）

――二〇一八年十一月

胸元のＰＨＳが鳴った。見慣れない内線番号を訝しく思った椎名涼子の耳に、無機質な女性秘書の声が飛び込んでくる。

「椎名先生、理事長がお呼びです」

病院の上層部から雑用が回ってくるのは、まれにあった。だが、いまさら何だろうという思いがある。

涼子は、どんよりと薄暗い医局の中で、検査データの紙をさばいているところだった。臨床の現場を外され、新たな日課となった検査伝票の貼り付け作業だ。

理事長室のある管理棟へ向かう。医局から病棟奥の狭い階段を駆けのぼったところで、足元がレインブーツのままだったことに気づいた。夕方から雨になるという予報を聞き、マンションの出がけに急いで履いてきたのだ。ここまで来てどうしようもない。

あのとき、ほこりっぽい男物の靴が下駄箱の下段で目に留まった。重苦しい気分が一層増す。

蒲田記念病院の管理棟の六階、そこから眺める景色は、鈍い色をした雲で覆われていた。秘書に先導されて理事長室の前に着く。彼女のノックのすぐあとに中から返事があり、入室を許された。

「失礼します」

医師というより、ベンチャー企業の若手経営者のような理事長が中央のソファーに座り、はつらつとした笑顔を向けてくる。

「忙しいところ悪いね。椎名君に特別の頼みがあってね」

涼子を待っていたのは彼一人ではなかった。理事長の向かい側には、金髪の外国人男性が足を組んで座っている。理事長の隣には、「職員だより」で顔を見たことがある銀行出身の常務理事、それに病院長が連なっていた。

「椎名君、君にパリに行ってもらいたい」

「は？　一体、何のお話ですか？」

涼子が怪訝《けげん》な表情を見せたのを気取ったのか、外国人がゆっくりと足をほどき、立ち上がった。

「We the SKY MEDICAL RESCUE operate globally for airlifting patients……」

涼子にとって、懐かしいイギリス英語だった。

男性は、ロンドンに本社のある「スカイ・メディカル・レスキュー社」のアジア本部長リチャード・ウッドワードと名乗り、全世界で患者の国際的な搬送サービスを展開しているという。

「Our operation is called medical escort――in other words, special services offered for patients by professional "Escort Doctors"」(私たちはこの業務を、医療搬送と呼んでいます。言い換えれば、エスコート・ドクターによる患者のための特別なサービスなのです)

彼は自社のビジネスについて話し続けるが、何のことかよく分からない。そもそもエスコート・ドクターというのは初めて聞く言葉だ。

涼子は大判のパンフレットを金髪のウッドワードから示された。

光沢のある表紙には大きなロゴで「スカイ・メディカル・レスキュー」と記され、写真が掲げられている。白人ドクターと黒人ナースが、呼吸器をつけた中東系の高齢男性の隣で笑顔で寄り添う。場所は旅客機内のようだ。三人の姿に重ねて、「Anytime」「Anywhere」「ASAP」（いつでも、どこでも、できるだけ早く）という単語が刷り込まれていた。スカイ社のモットーだという説明とともに。

ネット通販か牛丼屋みたい――涼子はクスリと笑いをこぼしてしまったが、ウッドワードの目には自社のサービスに対する好意的な印象と映ったのだろう。感激した表情でうやうやしく涼子の手を取り、欧米人には珍しいお辞儀を返してきた。

理事長が説明を引き継いだ。

「海外で急病になった日本人を迎えに行く、あるいは逆に日本滞在中にけがをして病院に入院した外国人観光客を母国に送り届ける。簡単に言えば、そうした業務がメディカル・エスコート、すなわち医療搬送だ。常に医学的な監視が必要な患者に付き添い、移動中も必要なら医療処置を行いつつ希望の目的地へ送り届けるのが任務だ。君には、そのエスコート・ドクターをやってもらいたい」

理事長の発言は、ウッドワードの耳元で常務理事から逐次通訳されていた。区切りが付いたところで、今度は常務理事が涼子に向き直って言った。

「椎名先生、当院・蒲田記念病院は、英国スカイ・メディカル・レスキュー社と提携して、日本におけるエスコート事業の拠点病院となる契約《コントラクト》を結びました。理事会は当病院の経営再建策、経営多角化策として、新たな診療科の開設や新規サービスについて検討を進めていますが、これはその中核となりうるプロジェクトなのです」

そう話したところで常務理事は、A４判の一枚紙をファイルから取り出した。

「履歴書を見せていただきましたが、先生はご幼少のみぎりから海外の滞在経験がおありのようですね……」

外務省医務官だった父に連れられ、マニラ、ヨハネスブルク、ベイルート、ロンドンで子供時代を過ごした。七歳のときに初めて転入したヨハネスブルクのインターナショナル校で、泣きながら英語を学んだ。数年間隔で海外と日本を行き来したせいで、高校二年生で日本の大学を目指すときには国語と日本史のキャッチアップに苦しんだ。「ご幼少のみぎり」という表現についても、実のところピンとこない。

「Congratulations and welcome to us」（おめでとう、そして、ようこそ）

常務理事の発言を理解しているのか、ウッドワードが立ち上がって涼子に祝意と歓迎の言葉を直接投げかけてくる。

「Mr. Woodward, I hope I've understood your business operation, but the thing is, I've got no idea what I'm supposed to do as an "Escort Doctor." So I'm not sure how should I answer……」（ウッドワードさん、事業展開の話についてはおおむね理解

できたと思うのですが、問題もあります。私はエスコート・ドクターの仕事について知識がありません。ですから何とお答えしてよいものかどうか……）

涼子は、戸惑いながら返答をする。

「Your English is great, Dr. Shiina!」（なんてすばらしい英語！）

意外な反応だった。

涼子の意識の中では、自分の英語はとうの昔にさびついていた。二年間の浪人時代は数学や理科の受験勉強に明け暮れ、中央医科大学医学部に入学したあとは医学知識の吸収に追われた。医師になってからは救急医として無我夢中で働かざるを得なかった。外国語をブラッシュアップする暇などなかった。

なのに理事長や常務理事も、涼子の口から出た言葉に驚きの声を漏らす。中でもウッドワードが一番喜んでいた。

彼いわく、メディカル・エスコートで何より重要なのは、現地の病院関係者や航空会社の乗務員、空港職員らとコミュニケーションを取る語学力だという。それにフットワーク、決断力、笑顔の三つがあればやっていける——ウッドワードはそう強調するのだった。

「具体的なミッションがある。話してやってくれ」

理事長が院長に説明をうながした。

「患者は、榎戸洋司《えのきどようじ》、六十四歳の男性。膵臓《すいぞう》癌の患者で、パリを旅行中に激しい腹痛発作を起こして現地の病院へ入院した。鼠径《そけい》ヘルニアで緊急手術、その後の入院加療で状態が落ち着いた。早期の帰国を希望している。先方は、いつでも患者の送り出しが可能と言っているらしいから、椎名君は、彼を無事に連れて帰ってくれればいい。やれるか？」

院長が涼子を見て、顎を上げた。

「分かりました」

ここまで来て、どのみち断れるはずもない。

予想もしなかった新しい仕事の指令だった。救急の自分がこんなことまでしなければならないのか――。

涼子は二か月前の出来事に思いをはせた。

あれは残暑の厳しい九月だった。エアコンの止まった一人寝の室内。涼子は朝六時のアラームが鳴る前に目が覚めた。

いつものように基礎体温を測る。トイレに行き、洗面台の前に立った。鏡に映ったボサボサの髪をなでつける。頬のたるみを少し持ち上げた。四十一歳、我ながら年齢相応だと感じながら。

洗面台の片隅に押しやった黒いマグカップの中で、豚毛の歯ブラシが鏡面に寄りかかっているのが目に入った。まだ一度も使われていない。捨ててしまいたいのに捨てられないのは、きっとその新しさのせいだ。

冷蔵庫からニンジンとセロリ、小松菜を取り出した。手早く洗ってカットし、ミネラルウォーターとともにミキサーに放り込んだ。スイッチを入れると、激しいドリル音が鳴る。回るだけの単純な道具なのに、なぜこんなにも大きな音を立てるのだろう。植物の細胞がすりつぶされる断末魔の叫びなのかもしれない。ドリル音に耐え、やがて野菜たちが薄い緑色の液体に変わったのを確かめてスイッチから手を離す。それから涼子はミキサーボトルに口をつけて、中身を一気に飲み干した。

おいしいから飲むのか、健康のためなのか、ただの習慣か。もう分からなくなっている。たまに面倒だと思うことはあるが、夫の晴臣《はるおみ》と作り上げた生活のリズムを変えてしまうのは怖かった。少なくとも今まで通りに生きたい——涼子が日課に忠実な朝を送るのは、無意識にそう考えてしまっているからだ。

一人で頑張る生活を続けているうちに、気づくと病院で倒れていた。六月の終わりだった。

医学部時代の友人たちが見舞いに来てくれた。二年の解剖学実習で同じ班になって以来、ずっと付き合いが続いている三人だ。あのとき早紀には「つらいなら、フリーになれば？」と言われた。倒れるくらいなら、人生をリセットすればいいという意味だろう。自分にとって、それは離婚と転職だ。親身なアドバイスだと頭では理解できるが、それでも涼子は一歩を踏み出せずにいる。

自身の人生すら自由にできない人間なのかと思うと、情けなかった。

涼子がそのままの位置で日々をしのいでいる間、例えば、早紀は結婚と離婚、出産、循環器内科医、健康診断医、父親の介護と、何役もこなしている。仁美は着々と手術の腕を高めているようだ。自分の人生は、彼女たちの人生よりずっと薄い。

大井町《おおいまち》からJR線に乗る。蒲田までは快速で十分足らずだが、品川区から大田区へ区境を越えると町はぐっと庶民的な空気に包まれた。

勤務先の蒲田記念病院は、駅前商店街を抜けた先にある。ベッド数二百五十。内科、外科、産婦人科、眼科、耳鼻咽喉科などの診療科に加え、地域住民の命を守るという気概から中規模の総合病院では珍しく救急科も備えていた。

病棟二階のナースステーションに立ち寄ったところで、胸ポケットに差したPHSが鳴る。

「椎名先生、すぐに処置室へお願いします！」

この朝一番の救急患者は、五十二歳の男性だった。自宅で意識を消失したところを救急車で運ばれてきたという。原因は心室性不整脈だった。

「――状況は了解。で、患者の既往歴は？」

廊下を駆け抜けながら、涼子は電話口で患者の情報を求め続けた。

「糖尿病と高血圧で通院しています。服用中の薬を家族から預かったところですが……」

階段を駆け下りて一階の救急処置室に入る。

広い室内の中央に据え付けられたベッドの上では、男性患者が心臓マッサージを受けていた。高度に肥満した患者で、ベッドのきしむ音がいつもより大きい。

心臓マッサージしているのは若手の研修医だった。涼子自身、何度も経験してきたが、心臓マッサージは重労働だ。五分も続ければ腕がガクガクとしてくる。当直明けの研修医も額に汗をかき、顔全体に濃い疲労の色を浮かべていた。

だが、そこに助っ人がいた。救急部長の石崎宏太《いしざきこうた》だ。ベッド脇で仁王立ちになった石崎は、除細動器《カウンターショック》の電極《パドル》を両手に構えた。

「二百！」

出力エネルギーが二百ジュールにセットされた。白いものが混じる患者の胸毛に、パッドが容赦なく貼り付けられる。

「離れて！」

石崎がパドルをパッドに押し当て、スイッチを押した。患者のでっぷりとした頭と胸が、軽々と跳ね上がる。一瞬の間を置いて、心電図モニターはきれいな波形を描いた。

「やった！」

涼子の出番はなさそうだ。よかった、と思ったときだ。心電図モニターが悲鳴のような連続音を立てた。

「石崎先生！　フラットです。どうしま……」

心停止だ。

研修医は床にへたり込んでしまった。

思わず涼子は患者のベッドに飛び乗り、心臓マッサージを再開した。

「椎名先生、僕、別の患者があるから、いい？」

石崎の言葉に耳を疑った。この状況で、研修医と二人になるのか――。石崎は「ごめんね」とだけ言ってパドルを置くと、そそくさと処置室を出ていった。

とにかく、いつも自らの体裁を気にする男だった。分が悪いと見るや、非情な態度で即座に患者を見切る。そのあとの処理は、下の者に押しつける。下とは、若手や女性だ。成功するのは自分、失敗するのはダメな奴。そういう形を作りたいのだ。いつもの彼のやり口だった。

「思い通りになると思って見下しやがって……」

小さくつぶやく。いや、石崎に腹を立てている場合ではない。まずは患者の救命だ。

「とにかく心マ続けて！　もう一度、カウンターショックいくから！」

気持ちが焦る。

スタッフは限られ、状況は絶望的だった。

だが負け戦には、したくない。でも、どうやって――。

朝イチで襲いかかってきた厳しい現実を前に、涼子は意識が遠のく思いだった。

二時間後、家族へ説明を終え、カルテを書き終えた。救急科にある医師用の休憩室でソファーに倒れ込む。すると石崎が現れ、涼子の肩を軽くたたいた。

「よ、お疲れさん」

さすがにきまり悪そうな声だった。涼子はしばらく無言のまま石崎をにらみつけた。

「涼子ちゃん、何か怒ってるの？」

石崎はぬけぬけと言った。

「患者さん、死ぬところでしたよ。どうして逃げたんですか？」

「逃げてないよ。新しい急患が来たんだから、しょうがないじゃん。それに涼子ちゃんならやってくれると思ったからさあ」

石崎は、ポットからコーヒーを二つのカップに注いだ。

「患者を見切ったのかと思いました」

蘇生不能に見えたからではないのか。失敗したくないから無関係を装いたかったのではないのか。

「まさか、そんなこと」

石崎は、コーヒーの入ったカップを一つ、涼子の目の前に置いた。と同時に、下品な笑みを浮かべる。

「にしても、幸せな患者だよ。見ただろ、これ？」

そう言って石崎は、処置室で撮影された一枚の写真をカルテから抜き出した。そこには、糖尿病薬や降圧剤とともに、大量の勃起不全《ED》治療薬が写されていた。もともとリスクの高い患者だったから、これが心室性不整脈の引き金になったのだろう。

「クスリ飲んで朝っぱらから激しくヤルなよ、ってなあ。まあ、患者の妻は椎名先生と同い年だっていうから、旦那が張り切るのは仕方ないか？」

疲労と不快感で吐きそうだった。

「石崎先生、患者さんに失礼ですよ！」

死にかけた患者を助けようとしなかったばかりか、侮辱までするというのか。ついでに同僚のことまでも。

「何をそんなにカリカリしてんだよ、涼子ちゃあん」

不快感が跳ね上がった。石崎は、しばしば涼子をちゃん付けで呼ぶ。同じ医師として少しでも敬意を払う気があれば、ちゃん付けなどしないはずだ。

「それ、セクハラですよ。ご自覚がないんですか？　言いつけますからね」

石崎は驚いたように顔を上げた。

「誰に、さ。晴臣君とは、ヨリを戻したわけ？」

夫の晴臣は、麻酔科の部長だ。別居の事実は、院内にあっという間に広まっていた。

涼子が眉をひそめたところで、医局の事務スタッフがドアを開けて入ってきた。

午後一時から院内ホールで緊急のミーティングが開かれることになったと告げて回る。

「管理棟からの招集です。先生方は全員出席していただきます」

蒲田記念病院《ここ》で働き始めて十年、医師全員に急な呼び出しがかかることなどなかった。

「何の会議なの？」

「ええと、幹部職員向けの説明会としか……」

事務スタッフは言葉を濁して去った。

ホールは異様な雰囲気に包まれていた。医師ばかりでなく、看護師長やほかの部門の主任職以上の職員が早くから駆けつけている。涼子はそれらの顔を見回し、夫の晴臣の姿を探した。

夫のいる麻酔科と救急科とでは医局のフロアが異なるため、もともと病院内ではめったに顔を合わせなかった。別居となる前は、公私混同しないためにも職場では会わない方がいいとすら思っていた。けれど今、同じホール内に晴臣がいると思うだけで涼子の気持ちはざわつく。残念ながら、立ち見まで出た場内は混雑を極め、夫の顔を見つけるどころではなかった。

午後一時きっかりに理事長がマイクを持って登壇した。場内の視線が一斉に注がれる。

「忙しい中に集まってもらったのは、ほかでもない。諸君らも察しているように、当院の経営状況についてです。一言で表すと、非常に厳しい」

生気あふれるスタイルを持ち味とする理事長が、この日ばかりは仏頂面で話し始めた。

「ここに来て、近隣の大型病院が相次いで施設を拡充し、そのあおりを受けて患者数は減り続けている。とりわけ病床稼働率は危険水域に入った」

それは、涼子も身に染みて感じていた。六月末、過労で倒れたときに最上階の個室に入れたのは、別段、特別扱いを受けたからというわけではない。蒲田記念病院には常に個室の空きがある、ということだ。

「明日の理事会で正式決定するが、診療科の大胆な見直しと人員削減が必要だ。この際、不採算部門は切り捨てざるを得ない」

涼子の前に席を取った石崎の肩が、小刻みに震えている。

「率直に言おう。救急患者の受け入れは、月内で休止する。関連する手続きが整い次第、救急科を廃止する」

涼子は息を呑んだ。ついにこのときが来たのか——と。

救急患者の受け入れは、基本的に休みがない。石崎や涼子らの常勤医をはじめ、大学病院から派遣される非常勤医、看護師、検査や事務のスタッフを束ねて二十四時間三百六十五日の当直体制を確保するのには大変なコストがかかる。「救急は、やればやるほど赤字になる」と言われるゆえんだ。

「地域医療を支える使命感から、ウチは救急患者の受け入れに力を入れてきたが、背に腹は代えられない。救急告示医療機関の認定を返上する手続きを取る」

下っ端の前ではいつも強気な石崎が、目の前でうなだれていた。

「細かい議論は、理事会にかける」

理事長の言葉は冷徹だった。しかも、ワンマン体制下の議論では結論が見えている。涼子は胸の奥で深いため息をついた。

「次に、産婦人科と麻酔科の扱いについて説明する……」

衝撃だった。廃止となるのは、救急だけでなく産婦人科や麻酔科も、だった。そうなると、夫婦が同時にリストラの荒波に飲み込まれるということになる。所属診療科の廃止、退職勧告、職探し……涼子の頭の中で同じ言葉がぐるぐる回った。

翌日、診療科の再編計画が正式に発表された。全職員に向けた説明会の終了後、涼子は、医局の掲示板に張り出された「理事会決定事項」を見に行く。石崎も、うつろな目で紙を見つめていた。

一、救急科と小児科、産婦人科、麻酔科を廃止する。

一、救急患者の受け入れ停止を先行させ、年度内に三科廃止を完了する。尚《なお》、麻酔科業務については外部委託する。

一、関係する人員の整理・再配置については、円滑に進める。

一、これらと同時に、新規診療科・サービスの検討を進める。

十月、閉鎖された一階の救急処置室を離れ、涼子は、内科の一スタッフに組み入れられた。入院患者の一部を回してもらい、かろうじて仕事を与えられる。研修医に毛が生えたような扱いだった。

崇高な使命感から救命救急医になったわけではない。もともと文系科目が好きだった。在外公館で職員・家族の健康管理や邦人援護を仕事とする父の姿を見ているうちに、医師の仕事に漠然とした憧れを抱くようになった。だから二浪までして医学部に入学した。手先が器用な仁美や、計画的に多くの勉強をこなす早紀には正直かなわなかった。在学中の成績は平均して「並」以下だった。

では、医師となった自分が他者に勝るものは何か？

それは「反射神経」と「平常心」だった。失われゆく命を目の前にしたとき、どうすれば彼らを救えるのか？　研修で救急救命センターを回ったとき、同期があわてふためいて思考停止に陥る中、平常心で反射的に救命処置を行うことができた。指導医《オーベン》に「度胸がある」とほめられ、自分の道はここにあると直感したのだ。

救急車が到着する救急搬入口から処置室までの廊下は、ほんの数メートル。わずかな距離を移動する間に多くの情報を得て冷静に分析し、命を救うための最善の方法を判断し、即座に実行に移す。遠くに行くと思われた命が戻ってくる。そこが救急科の醍醐味だった。

この病院で十年、救命への使命感で気持ちを奮い立たせ続けた日常を変更するなど、予想外のことだった。今後の転身について明確な考えなど浮かばない。

それ以上に涼子の心に暗い影を落としているのは、晴臣のことだ。結婚して九年になる晴臣が、一年前くらいから大井町のマンションに帰って来なくなった。そのころから携帯電話にも応答がなく、メールを送っても返信が来なくなった。

ただし、病院には変わらず勤務している。業を煮やした涼子は、麻酔科の医局前で人目を避けながら晴臣を問いただしたことがあったが、今どこに住んでいるのかすら答えようとしなかった。

「もういいだろ」

そんなセリフで会話を拒まれ、話のしようがなかった。

涼子と晴臣は、子宝に恵まれなかった。

不妊外来へ通い始めてからかれこれ六年になる。この三年ほどは、「不妊治療をいつまで続けるか」という話で夫ともめていた。経膣《けいちつ》超音波《エコー》検査や子宮卵管造影《HSG》検査を受け、晴臣の精液も検査したが、問題は特定できなかった。不妊症全体の約二割を占める「原因不明不妊」だった。

検査結果を伝えても、晴臣は、排卵誘発から人工授精、体外受精という治療法のステップアップには消極的だった。晴臣の答えはいつも決まっていた。

「なぜそんなことまでして子供が欲しいのか分からない」

理由も忘れるような小さな喧嘩で一日中、口をきかない日があった。その頻度は増えていたかもしれない。だが、いきなり夫が家を出て行くとは思わなかった。

夫の帰宅を当たり前と思い込んでいた最後の晩、豚毛の歯ブラシを買った。歯茎から血が出ると言った晴臣のために、近所のドラッグストアで求めたものだ。あの日からずっと、ブラシは洗面台の前で同じ姿勢のまま立っている。

形だけになった救急科の医局に戻って残務整理をしていると、石崎が顔を出した。ひょうたんから駒、いや塞翁《さいおう》が馬と言うべきか、石崎は十月一日付で副院長格の「診療本部長」という新ポストをあてがわれて有頂天だった。響きのよい肩書きではあるものの、その職務は、整理・再配置対象の医師らと面談して引導を渡すリストラ推進係だった。

「で、椎名先生はどう考えてるの？　身の振り方は」

涼子が座るデスクの正面に回り込み、石崎はいきなり尋ねてきた。

「病院からの具体的な指示を待ってから、と思っていますが……」

周囲の耳を気にしながら答える。実際、どう動けばいいのか分からなかった。

「そんなんじゃ遅いって。あのねえ……」

「まだ、主人ともきちんと相談ができていないものですから」

言った瞬間、石崎の表情が変わった。

「晴臣君は、ウチを辞めるって言ってるよ。相談なかったの？」

涼子は一瞬、返事に詰まった。

「知らなかった……」

晴臣とのコミュニケーションが途絶していることを石崎に知られたことが、恥ずかしかった。

「あのさ、別にけしかけるわけじゃないんだけどさあ」

石崎は顔を近づけてきた。

「椎名先生は経済力があるんだから、素直に離婚すればいいじゃない。どっかの大学の統計で、女医の二人に一人は離婚してるってよ」

小声とはいえ、周囲が耳をそばだてている気配を感じる。涼子は、「はあ」とあいまいに答えた。

「優柔不断だな。いい加減に目を覚まさないと幸せになれないよ、涼子ちゃん」

石崎は涼子のプライベートな話題に固執してきた。なぜそこまで言うのか。これはセクハラでありパワハラだと思いつつ、涼子は顔がこわばるのが分かった。

「そういうことは、放っておいてください」

石崎は、わざとらしくため息をついた。

「かわいそうな人だね、せっかく心配してやってるのに。人生これからじゃないの？　だから女は分からねえな」

石崎に分かってもらおうとは思わなかった。無責任な立場なら何とでも言えるものだ。今は現状を変えるのが怖い。仕事も家庭も、このままでいい——そんな気持ちを口に出しても、笑われるだけだ。

「行動を起こすなら、自分のタイミングでやりますから」

精一杯、抵抗した。それが伝わったのか、石崎の機嫌を損ねたようだ。

「とにかく、優柔不断はよくないよ。はっきりさせた方がいい。僕も旦那に忠告してやるから」

そう言うと、石崎はぷいと医局を出ていった。

すぐに動きがあった。涼子は、晴臣から電話で呼び出された。石崎に何か言われたのだろうと察した。

退勤時、駅までの道を少し歩いて指定された喫茶店に入った。晴臣はすでに待っていた。

二人きりで向き合うのは久しぶりだった。

「病院を辞めるのは聞いたわよ。そんな大事なこと、どうして教えてくれなかったのよ」

雑談のあと、涼子は硬い声で言った。涼子の注文したコーヒーが運ばれてきた。その直後、晴臣は膝の上に両手をそろえ、頭を下げた。

「――この結婚を解消してください」

声がかすれていた。しかし、譲らない調子だった。

言葉の意味が、すぐには分からなかった。子供ができず、不妊治療を続けていたが、それなりの幸せを感じて暮らしてきたと思っていた。行き違いで一時的に別居という形になってはいたが、夫婦ならいろいろあるものだ。九年の結婚生活がそんなに簡単に崩れるとは思わなかった。

「え？」

それだけを口にするのが精一杯だった。

「勝手な言い草と分かっていますが、僕のことは忘れて、今後のことを考えてください」

晴臣はそう言うと、千円札二枚をテーブルの隅に置き、静かに席を立った。涼子は座ったまま追いかけることもせず、茫然《ぼうぜん》と夫を見送った。目の前で鉄のシャッターを下ろされたような気分だった。

しばらくして涼子は、バッグの中から女性誌を取り出した。この一週間、バッグに入れたままの雑誌だった。テーブルの上に広げ、読むふりをする。秋のファッションに身を包んだ女性たちの写真に、次から次へと、何粒もの涙が冗談みたいに落ちる。立つ気力がわかないまま、いつまでも店の奥で座り続けた。

あくる日、晴臣は蒲田記念病院に辞表を提出した。

大阪にある晴臣の実家から封書が届いたのはそれから四日後のことだった。

「もう晴臣を自由にさせてください。私たちには是が非でも跡継ぎが必要なんです」

差出人は義母だった。短い手紙のほかに、財産は十分に渡すから離婚を承諾するようにと勧告する弁護士作成の文書と離婚届が入っていた。

晴臣は、とりたててハンサムというわけでもない。背も男性としては低い方だ。それでも結婚を決めたのは、彼の正直さだった。医師というだけで男性はモテる。隠しごとができない晴臣となら、心安らかに生きてゆけると思った。それなのに――。

晴臣は何度か小さな浮気をした。正直すぎるせいで、すぐに行動に出る。浮気に気づくたびに、男にとって浮気はスポーツか趣味のようなものだとあきらめ、納得したつもりだった。だが、そのたびに少しずつ溜《た》まる嫌悪感は、ときに晴臣に対する罵声となって小さな噴火を繰り返した。それでも別れる決心がつくほど嫌いにはなれなかった。きちんと嫌いになっていれば、どんなに楽だっただろう。

今でもマンションの扉を開けるとき、かすかに期待してしまう。晴臣の靴があるのではないか、と。あんなに自分のことを好きだと言った晴臣が、簡単に心変わりするはずはない、と。

もちろん玄関には女物の靴しかない。朝出たときのままだ。毎日繰り返される当たり前のことなのに、夜になると、いちいちその事実に傷つく。ばかばかしいと分かっていながら期待を止められない。

薄手のコートをしまうため、クローゼットにぶら下がる服を押しやってスペースを作った。奥には、数年前に二人でイタリアを旅行したときに買った上質の男物スーツがへばりついている。この一年、ずっと同じ場所にあった。

結局、夫の名前と印が押された離婚届は、まだ手元にある。これがある限り、晴臣との縁は切れない。そう思うと、涼子の気持ちはかろうじて持ち直すのだ。

そのとき、涼子は強い視線を感じた。ウッドワードが涼子を見て首をかしげた。

「Are you okay?」（大丈夫ですか）

涼子はあわてて答える。

「I'm fine」

答えてから、この安請け合いが自分の欠点だと軽く自己嫌悪する。

「Good」（よろしい）

ウッドワードはスマホを取り出し、電話帳アプリを起動させた。

さっき新しい仕事に必要な三つの資質としてウッドワードが口にした単語の一つが、涼子の頭をよぎる。

「Decisiveness」（決断力）――。

不妊治療にしても、晴臣との関係にしても、救急科が廃止となったあとの身の振り方にしても、自分は何一つ決めることができないでいた。石崎には、何度も優柔不断と言われた。そんな自分に、果たしてこの仕事が務まるのだろうか。

涼子の戸惑いをよそに、目の前ですべてがスタートしようとしていた。

「私たちは、あなた――リョウコ――という新しいチームメイトを迎えられて本当に幸福を感じています。何しろあなたは、年長の女子学生がメディカル・スクールに進学するのが極めて困難な国に生まれながら、その難関を見事に突破し、晴れて医師免許を取得したのですからね。さあ、オペレーションを開始しましょう！」

そう言ってウッドワードは、涼子や理事長らにウインクしてみせた。この夏以来、日本で大きなニュースになっている医学部の不正入試問題を彼なりのジョークにしているのは明らかだった。涼子の履歴書にある高校卒業年と大学入学年のギャップから、二年間浪人した事実も知っているのだろう。

ウッドワードはその場でロンドンのスカイ・メディカル・レスキュー本社に電話を入れ、パリの病院の退院準備と現地での救急車手配をリクエストする。同時にノートパソコンを開き、ウェブ上で仮押さえしておいたフライトの予約を確定し、ストレッチャーを空港内と機内で使用するための許可申請をメールで送った。理事長室のソファーが瞬く間にオペレーション・ルームと化したようだ。

涼子は横に座らされ、自分の生年月日やメールアドレスなどの個人情報を彼に伝えるかたわら、ＰＤＦファイルで転送された患者のカルテをスマホの画面で閲覧した。

患者はフライト中の気圧変化に耐えられるか？　液体薬の処方や、針やハサミを含む医療器具の提供は可能か？　涼子はいくつかの疑問点を指摘し、ウッドワードが病院側と本社に照会を入れる。

救急患者の受け入れ可否について協議するのと同様だった。

即席のチームにしては、まずまずの走り出しに思えた。難儀したのは涼子自身のパスポート番号だったが、海外の学会に行ったときのコピーが医局のデスクにかろうじて残っていた。同時に涼子は、ウッドワードに伝えるべき重要なことを思い出した。

「Well, I have to tell you that the surname given in my passport is not Shiina, as I'm STILL legally married……」(私のパスポートには、椎名とは別の名字が記載されています。私、今もまだ、法律の上では結婚しているもので……)

意識したわけではない。だが、口をついて出た文章は「still」という単語に強勢《ストレス》を置いていた。少し表情を変えたウッドワードの口を封じるように、日本では旧姓で仕事をする女性医師は珍しくないと付け加える。

その日の夜遅く、涼子はエスコート・ドクターとして初のミッションへ出発した。

羽田《はねだ》空港国際線ターミナルまでは、病院からタクシーに乗って約十五分しかかからなかった。なるほど、理事長はこの地の利を活《い》かしてエスコート事業への参入を決めたのだろう。しかも病院には今や、空っぽの救急処置室がある。海外から搬送してきた救急患者の受け入れスペースが確保されている状況だ。

深夜十一時五十分、パリ行きエールフランス機に搭乗した。用意されていたのは、ビジネスクラスの席だった。

病院の出がけに、「席はビジネスで、宿泊も一流ホテル。おいしい仕事じゃんか。ゴガクができる人はいいよなあ」と、石崎にうらやましそうな顔をされた。確かに予想以上の厚遇ではある。

ウッドワードによると、こうした費用は患者が加入する海外旅行傷害保険の「救援費用」で全額がまかなわれる。場合によってはチャーター機や救護ヘリを手配する必要などもあり、治療費用との合計支払い額が一千万円を超えるケースもあるらしい。

「海外旅行保険に関して日本人は、欧米の富裕層並みの高額なオプションに加入するケースが多いそうです。そうした患者は、病院にとってメリットが大きく、十分なビジネスチャンスになると見ています」

常務理事が理事長に説明していたセリフが涼子の頭をよぎる。

座席に着くと、すかさず客室乗務員《CA》が近づいてきた。涼子の手荷物を受け取り、頭上の収納スペースに入れる。書類や着替えを入れたトートバッグと患者の搬送に必要な器材を入れた救急バッグの二つだった。後者のバッグには血管収縮薬や抗不整脈薬といった救命のための薬剤や注射器、気道を確保する経口エアウェイや手動で人工呼吸をするためのアンビューバッグ、尿道カテーテルなどが入っている。

空港のチェックインカウンターで受け取った患者用のチケットに目を走らせる。復路のフライトは患者のためにエコノミークラス八人分の座席が確保してあった。横になった状態で搬送するための措置だ。eチケットの券面には「ストレッチャー」と記載されていた。

機体は定刻に離陸した。東京の夜景が見る間に遠ざかる。それを眺めながら、涼子はこの半日の間に起きた仕事内容の変化に思いをはせる。そういえば夕食どころか昼食もまともにとっていなかった。CAに頼んだグラスの水を一気に飲み干すと、急速に眠気が襲ってきた。

パリは雨だった。

現地時間で午前六時過ぎ、涼子はシャルル・ド・ゴール空港からハイヤーに乗って患者の入院する病院へ向かう。車のワイパーは忙しく動いていたが、涼子自身が傘をさす必要はなかった。フライトクルーだけでなく、入国審査官や空港スタッフ、ドライバーに至るまで、涼子の存在はすでに知られていた。しかも、異国で急な病に倒れた患者のもとへ駆けつける一人の日本人医師として、丁重に扱われた。これらの配慮は、すべてスカイ社の手配によるものだ。

市街地へ向かう車中で、涼子は患者の情報を改めて確認した。

患者の名は、榎戸洋司、六十四歳。膵臓癌で、肝臓に転移がある。ステージⅣの末期だが、まだ症状は倦怠《けんたい》感程度で、比較的安定していた。一週間前に個人旅行でパリ市内を観光中、オルセー美術館で激しい腹痛に襲われた。館内の救護室で休憩したものの症状は改善せず、救急車で市内の総合病院に搬送される。癌の増悪《ぞうあく》が疑われたが、問題はそこではなく、鼠径ヘルニア――いわゆる脱腸を引き起こして生じた腹痛だったと判明し、緊急手術を受けたのだった。現在は小康状態となっている。

榎戸が入院した病院に到着した。思ったよりも小さな施設だ。病院の事務員に出迎えられ、あとをついて院内を歩く。簡素な部屋が廊下の左右に続き、突き当たりの個室へ案内された。

東洋人が横たわっているのが見えた。ベッドに近づく。患者は静かに目を閉じていた。

「おはようございます、榎戸さん。お迎えに参りました」

お迎え、という言葉を使うのに少し抵抗を感じたが、うまい言葉が見つからない。榎戸はぼんやりとした表情で目を開けた。

「東京の蒲田記念病院から参りました。医師の椎名涼子と申します」

榎戸の表情がぱっと明るくなった。

「ほんとに日本から来てくれたんですね！」

涼子は「はい」とうなずく。

「フランス語も英語もできないんで、参ってたんですよ。よかった、一刻も早く日本に帰りたいので、お願いします」

榎戸が真剣な表情で言った。

「榎戸さん、お腹をちょっと失礼しますね」

そう言って涼子は、腹部に手を当てた。手術の痕はまだ生々しい傷が残っている。だが、腹部全体は柔らかく、オペ後の経過は良好のようだ。

続いて涼子は、榎戸の腹を指でゆっくりと押し、パッと離した。腹の中で炎症があれば、手を離したときに痛みで患者はうめく。いわゆる反跳痛《はんちょうつう》と呼ばれるもので、腹膜炎があることを示す反応だ。何度か繰り返すが、榎戸は平然とした表情をしていた。これなら日本までのフライトにも耐えられるだろう。

サイドテーブルには、華やかな友禅《ゆうぜん》模様の紙箱が置かれていた。確か、六角箱と呼ばれるものだ。小さな模様に目がちかちかする。

そうだ、機内では眠れなかった——涼子は、徹夜明けのように頭が重いことにいまさらながら気がついた。寝入ったとたんに機体の大きな揺れで何度も起こされ、それからはうつらうつらとしただけだった。

ベッドサイドに主治医が現れた。インド系の若い男性医師で、タブレット端末でカルテを見ながら榎戸の様子を英語で説明してくれた。

「鼠径ヘルニアの手術は無事に終了しました。血液データも問題ありません」

涼子はうなずいた。鼠径ヘルニアは、腸が下腹部を覆う筋肉の外にはみ出てしまう病気だ。年齢的に筋力が弱くなり、腸の圧力が高まると生じやすい。筋肉と筋肉の間にはさまれた腸管は、いわばソーセージを輪ゴムで縛ったような状態である。すぐに圧迫を解かなければ、血流が悪くなった腸壁が壊死《えし》して破れ、細菌を含む内容物が腹腔《ふくくう》内に飛び散る。その結果、腹膜炎になって命を落とす事態にもなりかねなかった。

「緊急の手術をありがとうございました。感謝します」

涼子は若い医師にお礼を述べ、握手した。

「僕はもう、日本に戻れますか？」

榎戸が、じれったそうに言う。

「患者は今日の退院を希望していますが？」

榎戸の代わりに涼子が尋ねた。

「Why not?」（もちろんいいですよ）

主治医は笑顔とともにうなずいた。

患者の容態が安定していなかった場合や手続きの遅れなどを見越し、復路は複数の便が仮予約済みであり、涼子のホテルも取ってあった。けれど患者の状態が安定していることが確認できた今、渡航するタイミングは早い方がいいと判断した。羽田行きの直行便は午後四時五分があり、まだ十分に間に合う。

「榎戸さん、今日のうちに帰国しましょう」

榎戸が「すごい！　ありがとうございます」と言って両手を合わせる。

「では、本日のフライトで日本に帰国させます。私が付き添いますので」

涼子が主治医に告げる。

「Perfect!」（了解！）

彼は眉を上げた。

スカイ社に患者の容態を報告し、帰国便を決定したことも連絡する。パリに滞在すること十時間余りでのトンボ返りだ。石崎がうらやんだ「宿泊も一流ホテル」はなくなったが、涼子は惜しくなかった。これまでは救急医として患者に最善の医療を提供することを何より優先してきた。ミッションが変わっても、その気持ちは変わらない。

初仕事ながら自分自身の手際のよさに満足感を覚えていた。病院のロビーで退院手続きを待つ間、涼子はやっと肩の力が抜けるのを感じた。

病院スタッフの声で涼子は目が覚めた。ロビーでうたた寝をしていたようだ。

退院手続きの順番が来たと告げられ、涼子は素早く立ち上がった。会計カウンターに向かいながら、体が少し軽くなったのを感じる。肩に食い込むように重く感じたバッグも、それほど苦ではない。

午後一時。涼子は、スカイ社が手配した救急車に患者の榎戸とともに乗って病院を離れた。術後であり、傷が開かないように極力安静を保持する必要がある。四日間の予定でこの国に渡ったという榎戸は、身の回りの品と例の六角箱、それに一冊のスケッチブックをバッグに入れ、胸元でしっかりと抱えていた。美術館では模写をしたという。

「夢に見たパリを十分に楽しみました。ルーブルでもオルセーでも、名画の描線をこの手で存分に感じ取れました。もう未練はありません。椎名先生、よろしくお願いします」

車中、涼子はエスコート業務の段取りを再確認した。空港に着いたら、航空機の後方に特設された簡易寝台に榎戸を移す。ストレッチャーでの乗り込みは、スタッフ六人の手を借りる。一般乗客の搭乗が始まる前にすべてを完了させなければならない。パリ―羽田の飛行時間は約十三時間。飛行中も榎戸に疼痛《とうつう》症状が出ないかどうか目を光らせる必要がある――。

二人の乗った救急車は空港に到着した。特別ゲートから入り、ストレッチャーの榎戸が出国審査を受けようとしたときだった。

「ない……」

涼子は、自分のパスポートが見つからないことに気づいた。肩から下げたバッグの中をいくら捜してもない。財布とスマホもなくなっている。さっきまでは確かにあったのだ。

その後、退院手続きをして――。

涼子はハッとした。病院ロビーだ！　あそこでうたた寝をしてしまった。スリの被害にあったに違いない。

せっかく座席を確保し、榎戸を空港まで運び入れた後だったが、エスコート役の涼子が出国できないため、二人とも搭乗をキャンセルせざるを得なかった。

万一を考え、榎戸はいったん退院した病院に再入院させる。顔なじみになった病院スタッフにひどく驚かれ、身が縮む思いだった。使っていた病室にはすでに新しい患者が入る予定となっており、特別室を利用するという条件で再入院が許可された。

そのあと、涼子は警察と日本大使館を回った。両方の窓口でさんざん待たされ、パスポートの盗難証明書と「帰国のための渡航書」を発行してもらうのに丸一日が費やされた。飛行機の座席確保もエコノミークラス八人分という条件のせいか難航し、翌々日午後の便となった。結局、当初の予定から余計に二日かかってしまった。

帰国後、搭乗直前便のキャンセル代と榎戸の再入院費用については、蒲田記念病院がかぶることになった。それはスカイ社からの委託料が吹っ飛ぶほどの金額で、初めての請負業務は赤字になってしまったと聞かされた。

涼子は、自分がひどく情けなかった。

パリから戻って二週間、涼子は再び検査伝票の整理に明け暮れる日々を送った。海外旅行中に体調不良で救援要請に発展するケースは四万人に一件程度だという。スカイ社から仕事の依頼が毎週のように入るわけではなかった。涼子は医師としてこれでいいのか、という焦燥感にしばしば襲われた。

夕方、一息入れるため五階のラウンジに行った。ここは、飲料のほかに食品や菓子の自販機がいくつも並んでいる。冷静になるにはもってこいの場所だ。

ホットコーヒーを買い、壁際に置かれた椅子に腰掛ける。大きなガラス窓からは、オレンジ色の空がよく見えた。間もなく日没だ。

窓の前に立ち、外を眺めている患者がいた。榎戸だった。涼子は声をかけようとして思いとどまる。その背中があまりに寂しそうだったからだ。榎戸は癌の終末期医療を受けるため、日本に帰国後も蒲田記念病院で入院生活を送っていた。

小さなため息をついた榎戸は、ゆっくりとこちらを振り返った。榎戸と目が合う。涼子はコーヒーを手にしたまま会釈した。

「椎名先生……。その節はどうも」

榎戸が頭を下げた。

「ご体調はいかがですか」

「大丈夫ですよ。ほら」

病衣の裾をひらひらと揺らしながら、榎戸は床を足踏みして見せた。術後の経過は良好のようだ。

「よかったです」

涼子はパリでの失態を思い出す。患者に迷惑をかけたことを思い、うしろめたさでいたたまれない気持ちになった。

「仕事に戻ります。榎戸さん、お大事に」

頭を下げ、コーヒーの缶をゴミ箱に入れた。その直後、背後から榎戸の「あの」という、切羽詰まったような声が聞こえてきた。

「椎名先生、お願いがあるんです」

榎戸の目が、まっすぐ涼子に向かって見開かれていた。

「もう一度、先生にエスコートをお願いしたいのです」

言葉を失った。どうしてまた……。

この病状で、しかも失敗をした自分に、どこへ行きたいと——。

「僕、徳島に行きたいんです」

涼子の疑問を見越したように榎戸は言葉を継いだ。その表情は悲壮なまでの決意に満ちていた。まるで死をも覚悟したと言わんばかりの強さだった。

翌週水曜日の昼どき、涼子は徳島空港の荷物受取所《バゲージクレーム》でキャリーケースが出てくるのを待っていた。

徳島。初めて降り立った空港の空気は、涼子をほんの少し切ない気持ちにさせる。

十二月が近いというのに室温が高い。榎戸は壁際の椅子に力なく座っていた。

末期癌患者に同行して旅行する——。患者本人のリクエストとは言え、石崎は強く反対した。生命に関わるリスクが高すぎると。以前の涼子なら同意見だったかも知れない。

だが涼子は、榎戸の意志に心を動かされた。少なくとも、自分で自分の人生の最後のありようを決める姿勢に敬服した。

あのとき榎戸は、自分に言い聞かせるように繰り返した。

「今回が、僕にとって最後の旅になるのですから」

榎戸の癌は徐々に進行していた。鼠径ヘルニアの術後は順調で、一見すると落ち着いたように見える。だが癌による倦怠感や食欲不振、疼痛といった症状が出れば、どこまで体が旅行の負担に耐えられるか。やってみなければ分からないというのが現実だった。

しかもパリでの一件がある。病院が再度のエスコート業務を涼子に任せるかどうかについても、自信がなかった。ところが、新規サービスの開拓に意欲的な理事長からは、患者の希望ならばとスムーズにゴーサインが出た。

「観光庁は今、高齢や障害の有無にかかわらず、誰もが自由に参加できる旅行『ユニバーサルツーリズム』の展開に力を入れている。当院ではこれをもう一歩進めて、終末期の患者の旅をサポートするような医療サービスにも新規ビジネスとして取り組む考えだ」

それが理事長のメッセージだった。

涼子が送った照会のメールに対し、ウッドワードの返信も明快だった。

「世界中どこで病む者にとっても、保障されるべき権利があります。たとえば思想の自由、移動の自由、終末期の生き方を決める自由など。医師にそれらをサポートできる余地があるのなら、常に行動すべきです」

スカイ社からは、実務的なアドバイスももたらされた。

・旅行費用については、患者本人の旅費に加え、エスコート・スタッフの旅費＋人件費、行程中のバリアフリー対応費等を加算した上で、パッケージ料金として提示すべし。

・旅程中に発生する医療費・薬剤費等については、旅行代金とは切り離して事後請求・保険処理すべし。

・主たる顧客層となりうる末期癌患者には、患者本人が加入している生命保険の「リビングニーズ特約」による生前給付金が活用できることをうたい文句にすべし。

涼子の二度目のミッションは、すぐに動き始めた。

榎戸と自分の荷物をピックアップして戻る。パリ行きの際にも携行した救急バッグは肩に提げた。だが榎戸は立ち上がる様子もなく、げっそりと疲れた表情を見せている。

涼子は、榎戸が何も口にしていないのが気になった。

食欲不振は、脱水症に伴う症状の一つだ。脱水は、ときに命をおびやかす。二泊三日の徳島旅行は始まったばかりだ。ともかく旅行中は、榎戸の全身状態を安定させるのが最優先だった。

榎戸はようやく腰を上げたものの、ふらついている。皮膚の張りが弱く、血圧もいつもより低い。やはり脱水が疑われた。すぐに対処が必要だ。

「榎戸さん、点滴をしましょう」

榎戸は驚いた表情を見せる。

「ここで、ですか？」

「処置のための部屋を確保します」

榎戸は素直にうなずいた。

意外なことだが、日本国内の地方空港は、クリニックも救護室も備わっていない所が多い。涼子は空港職員に事情を説明して、空港内の大会議室を借り受けた。これもまた、ウッドワードに伝授された知恵だった。

いくつものデスクを並べた上に、持参したヨガマットを敷き、即席のベッドに仕立てる。点滴の準備を整え、涼子は榎戸の腕に針を刺した。

「椎名先生、快適です。ベルサイユ宮殿みたいに広い個室だ」

榎戸はとびきりの笑顔を向けてくれた。さっきまで、あんなにつらそうだったのに。癌末期にもかかわらず、ここまで気丈でいられる榎戸が涼子には不思議だった。自分の悩みなど、取るに足らないことのように思えてくる。

パリ—東京—徳島。榎戸に付き添ってきて、思い悩む時間が業務で埋められるのは、一つの救いだった。だが、病院に残してきた仕事やプライベートな生活は、相変わらず宙ぶらりんの状態が続いている。すべてを忘れられるわけではない。考える時間が短くなった分、焦燥感は凝縮されて涼子に迫る。

五百ミリリットルの生理食塩液を点滴される間、榎戸はじっと天井を見つめていた。涼子は、榎戸の腕に抱かれた観光地図のカバー写真に目をやった。雄大な鳴門《なると》の渦潮をバックに、編笠を深くかぶった浴衣姿の踊り手の姿が写し込まれている。

夫の晴臣は大阪生まれだが、入学した医学部は徳島大学だった。自然豊かで温暖なこの地を夫はよく懐かしがっていた。もしかしたらこの地に住むのかもしれない。ふとそんな気がした。だからといって、積極的に捜すつもりはない。たとえ見つけても、夫に戻る気がなければ無意味だから。本当に見つけたいのは、自分への愛情だ。

午後、榎戸とともにタクシーに乗り、徳島市の南に位置する小松島《こまつしま》市へ向かった。行き先は、四国八十八ヶ所巡りの第十九番札所、立江寺《たつえじ》という寺だった。

「なぜ、お寺へ?」

「家の墓があるんです」

「お参りですか?」

「墓じまいです」

「墓じまい、ですか?」

「妻に先立たれ、子供もいませんので、ずっと、墓をどうにかしなければと思っていたんです。管理料を払う人がいなくなれば、何年かすれば更地になり、無縁仏として移動させられるのでしょうが、それはあまりにも無責任で、心残りなんです」

涼子は、自分自身の墓について思いを巡らせる。

涼子には弟がいて、実家の両親とともに暮らしている。すでに孫も生まれていた。実家の墓に入るのは今や肩身が狭い。だからと言って、自分だけの墓を作れば、それこそ子供もおらず、墓じまいも同時にしなくてはならない。そして、夫の実家はすでに遠い存在だ。

「あちらの世界に行ったとき、ご先祖様に顔向けできないのも嫌なので」

榎戸は静かに笑った。

立江寺は、小さな寺だった。少なくとも涼子にはそう感じられた。

榎戸が住職と話をしている間、涼子は寺の中をじっくり見学した。

「この寺にはね、その辺の美術館以上に名画があるんですよ」

そう言い添えた榎戸の言葉は本当だった。

ひなびた雰囲気だったが、襖絵《ふすまえ》や天井絵に意匠が凝らされていた。特に本堂の内陣、草花の描かれた二百八十六枚もの豪華絢爛《けんらん》な天井絵には驚かされた。聞けば、徳島市に住む女流画家ら四十名以上が描いたものだという。

一時間ほどで榎戸が戻ってきた。

「明日、またこの寺に来ます。それで目的は達成です」

帰りのタクシーでは少し回り道をして、榎戸の過ごした海辺の町を回った。榎戸は周囲の風景を見ながら、多弁だった。

小さな単線の駅は、今でも変わらない。子供のころに通学した小学校と中学校は、建て直されてすっかり変わってしまった。集落にただ一つの本屋はなお健在だ。同級生の誰よりも足しげく通ったのだという。

トリコロールのポールが回る理容店の前で、タバコを吸っている白シャツ姿の男性がいた。榎戸はタクシーを降り、立ち話をして戻ってきた。

「店主は、孫の代になっていましたよ。父親にそっくりやった」

榎戸は長いこと駅前の風景を眺めていた。

徳島市のホテルにチェックインし、夜は郷土料理の店に入った。地元の品として、榎戸に焼き味噌をすすめられる。塩分を抑えた白味噌を小皿に入れ、表面を焼いたものだった。ごはんが何杯でも食べられそうだ。

「面倒な患者をすみませんね」

「いいえ、とんでもない。私の方こそ勉強させてもらっています」

偽りのない、心からの言葉だった。

一人の患者とこれほど長い時間を過ごしたことはない。

救急搬入口から担ぎ込まれた患者に対し、限られたギリギリの時間内に処置を施し、専門の診療科へ回す。処置室では、あっという間に時が過ぎる。生きる患者もいれば、死ぬ患者もいる。相手の感情を呼び起こすほど、涼子が患者の傍《かたわ》らにとどまることはなかった。

「これは子供のころからの好物でして。甘みがあって、コクがある」

榎戸は至福の表情で白味噌をなめ、タタンと音を立てて舌鼓を打った。

「食欲、戻ってよかったです」

涼子の言葉に、榎戸はふわりとした笑みを見せた。

「先生のおかげです。先生は、一緒にいるだけで人を安心させる力がある。今夜はぐっすり休めそうです」

榎戸は深く頭を下げ、部屋へ戻って行った。

その翌朝、榎戸は約束の八時を三十分過ぎても朝食会場に現れなかった。

嫌な予感がした。榎戸の部屋に電話をするも応答がない。

フロントに頼んで、ドアを開けてもらう。榎戸はベッドの上でおなかを押さえ、顔を歪めていた。腹が張っている。腹部を押したあとに出る痛み、反跳痛ははっきりしなかった。

涼子は持参した鎮痛剤を飲ませ、点滴の治療を開始する。それでも痛みは一向におさまらなかった。

「榎戸さん、すぐ病院に戻りましょう」

榎戸は首を振った。

「今日、寺に行かなければならないんです」

そう言いながらも、額に脂汗をにじませている。

「何おっしゃっているんですか。こんなに痛みが出ているのに。命に関わるかもしれませんよ」

「いまさら命なんて……。最初から覚悟の上です。自分の始末は自分でつけないと。今回が、最後のチャンスなんです」

「病院の上層部からも言われているんです。ご体調が悪くなったらすぐ戻るようにと」

榎戸は首を左右に振り続けた。

「寺に行かなければ、ここに来た意味がなくなる……」

恐ろしいほど真剣な表情だった。

涼子は蒲田記念病院へ電話を入れた。石崎に事情を説明する。

「そうか、ついに……。ええと、それじゃあ、徳島西総合病院へ回ってみて。ウチと同じスカイ社アジア本部の協力病院だ。こっちから電話しておくから」

近くの病院で状態確認すると言うと、榎戸は渋々了承した。タクシーに榎戸を乗せ、市郊外の西総合病院を訪ねる。

スカイ社のパートナーシップ契約と事前連絡のおかげで、榎戸はすぐに受け入れてもらうことができた。処置室で横になった榎戸に、オピオイド系の鎮痛薬が注射された。投薬から数分後、榎戸はみるみる穏やかな表情になった。癌の浸潤《しんじゅん》による痛みであったようだ。

「すぐにタクシーを呼んでください。椎名先生、迷ってないで。僕は大丈夫です」

榎戸は涼子を急き立《せ》てるように指示してきた。

立江寺に着いたのは昼過ぎだった。榎戸は社務所に立ち寄り、風呂敷包みを二つ受け取った。リュックを背にして包みを両手に提げた榎戸は、しっかりとした足取りで歩く。先ほどまでベッドでうめいていたとは思えない姿だ。

「お手伝いします」

涼子は、包みを一つ預かった。ずっしりとした重みを感じる。

「これ、何ですか?」

「骨壺《こつつぼ》、です」

「あ……」

考えてみれば、お寺で受け取る重い物とすれば、それ以外にない。

再びタクシーに乗り込み、骨壺は胸に抱えた。

「北浜《きたはま》へ行ってつかい」

榎戸が、なまりを含むイントネーションで指示した。

「お客さん、ここの人でっか？」

「ああ、宮倉《みやぐら》。ずいぶん来てなかったけど」

「あのへん、だいぶ変わったでしょう」

「ほうやな」

「今日はモーターボートでっか？」

「まあそんなとこや」

北浜は、榎戸が子供のころ、両親によく連れて行ってもらった場所だという。いくつかの民家と大きな果樹園を通り抜け、防風林に沿って走る。

松林の先に現れた北浜は、小さな海水浴場だった。

タクシーの運転手に、三時間後にまた来てほしいと榎戸が告げる。

榎戸と涼子は、海岸に向かった。

堤防の向こうには浜辺が広がる。誰もいない。浜へ続く石の階段の中ほどで榎戸が腰を下ろした。風呂敷包みを体の横にそっと置く。涼子も同じように座った。

十一月下旬とは言え、風もない穏やかな午後だった。打ち寄せる波の音が心地よかった。

しばらく黙って海を眺めていると、遠くから榎戸と同年輩の女性が現れた。

「エノさん、久しぶりやねえ」

女性はそう言うと、「こっちやけん」と、近くの小屋へ案内した。夏には「海の家」として使われる施設のようだ。

「ありがとねえ、妙子《たえこ》ちゃん。こんなこと頼めるのは妙ちゃんしかおらんけん」

榎戸もいつの間にか女性と似た言葉遣いになっていた。

「いいんよ。も少ししたら息子も来よるけん」

どかりと板の間に座って、榎戸は風呂敷包みをほどく。骨壺が姿を現した。

「どなたのお骨ですか」

「父と母です」

「二人とも、ほんま穏やかな、ええ人やった」

妙子と呼ばれた女性はそう言いながら、古びたミキサーを榎戸のそばに置いた。

「え？」

涼子は、意味が分からず、ミキサーと榎戸の顔を交互に見た。妙子は父親の骨壺を開け、中から骨を取り出すと、慣れた手つきでミキサーのガラスボトルに入れた。

「骨を粉砕しますけん」

「椎名先生、もしお嫌でしたら外へ。申し訳ありません」

榎戸が小さく頭を下げる。

「……は、はい」

涼子は立ち上がれずにいた。

直後に、ミキサーがうなり声を上げた。

ミキサーの音は嫌いだった。

毎朝、マンションで野菜ジュースを作るとき、いつも悲鳴のようなものを聞いていた。

だが、今日聞こえてくるのは、もっと乾いた音だった。波の音と混じるせいだろうか、苦痛を感じさせるものではない。

涼子は、人の最後の姿が次第に小さくなり、粒子へと近づいていくのを目撃した。

「もう少しです」

榎戸は新聞紙を広げ、その上にガラスボトルの中身を空ける。わずかに粉塵《ふんじん》が舞い上がり、小さな白い山ができた。

「一人分の骨は、粉にすれば茶碗一杯分くらいにしかならないんですよ」

榎戸は母親の遺骨も取り出した。再びミキサーがうなり始めた。

ほどなくして骨はすべて粉になり、二つの山になった。ちょうど夫婦《めおと》茶碗に収まるほどの量だった。

榎戸はリュックから二枚のハンカチを取り出した。灰色の山を新聞紙からハンカチへ移す。父は紺色のハンカチ、母は薄いピンクのハンカチに。それを終えると、ハンカチの四隅を持ち上げて巾着状に糸で縛った。頭でっかちのテルテル坊主のようになった。

「ほな、久しぶりのご対面や」

榎戸がリュックを開け、何かを取り出す。友禅和紙の六角箱――パリの病室で枕元に置かれていたものだ。

「妻です」

榎戸は、妻の遺骨とともにパリを旅していたのか。

「こっちはね、東京の葬儀社で粉骨してもらったんですよ」

そう言って紙箱の蓋をはずす。中には淡い色の布袋が収められていた。

紺色、ピンク、水色の三つの包みを風呂敷でひとまとめにくるみ、榎戸は静かに手を合わせた。

「妙ちゃん、そろそろ行くけんな。ありがとう」

榎戸は、ゆっくりとした足取りで海の家を後にした。途中で涼子に向き直り、しみじみとした声で言った。

「椎名先生、ありがとうございます。先生がいてくれたおかげで、安心して僕は人生を終えられます」

涼子はどう答えていいか分からず、黙って頭を下げた。浜辺に寄せる波が、凪《な》いだように静かだった。

遠くから青年が走って来た。

「遅くなってすみません」

天然パーマの可愛らしい若者だった。

「おお、良彦《よしひこ》君か、大きゅうなって。ありがとう」

榎戸はまぶしそうな目をし、「妙子さんの息子さんです」と涼子にささやいた。

「船、こっちです」

浜辺を北に進んだ防波堤の向こう側に、キャビン付きのモーターボートが用意されていた。涼子と榎戸は良彦に手を支えられて乗り込む。エンジンがかかると、ボートは沖へ向かって大きく弧を描いた。

浜辺が、はるか後方に遠ざかり、ほとんど見えなくなる。

周囲が水平線に囲まれる位置まで進むと、突然、モーターボートのエンジンが切られる。いきなり静寂が訪れた。広大な海の上は、とても静かだった。

榎戸は海に向かって両手を合わせて拝んだ。しばらく後に、リュックサックから青いラベルのカップ酒を取り出し、海に酒を注いだ。

それから風呂敷を解き、父親の紺色の巾着を手に取った。顔の正面に捧げ持ち、念仏か何かを唱える。ふとその声が途切れ、榎戸はその巾着を手から滑り落とすように海へ託した。

続いて母親の、最後に妻の遺骨の包みにも同じ動作を繰り返した。

紙袋に手を入れた榎戸は、中から何かをつかみ出して海にまいた。それは色とりどりの花びらだった。海一面が花畑のようになった。

両手を合わせ、榎戸は目を閉じる。

潮に沿って花弁が流され、渦を巻いた。お骨はすぐに沈んで見えなくなったが、鮮やかな色の花々は海面にいつまでも漂い、死者を弔っているように見えた。

「僕も、最後はこの海にまいてもらおうと思っています」

目の前で行われた儀式に心を奪われていた涼子は、うなずくのが精一杯だった。

「妻とは職場の美術サークルで知り合いましてね」

榎戸は海を見つめたまま話し続けた。

「結婚して三十六年、子供には恵まれませんでしたが、仲良くやってきました。ところが今年春、妻は一人で旅立ってしまいました」

くも膜下出血だった。朝から頭痛がひどく、臥せっていた。会社から帰宅し、妻が台所で倒れているのを発見したときは、もう意識がなかったという。

「救急車で運ばれる病院の処置室って、冷たい部屋ですね。担当の先生は、『手遅れでした』とだけ言うと、すぐいなくなりました。妻を診ていただいたお礼も言えず、悲しみにひたる間もないまま、すぐに殺風景な霊安室へ回されて……」

弁解したかった。だが救急医の涼子がここで何を言っても、榎戸には理解されないだろう。そう思って口をつぐむ。

「生活は一変しました。妻の座っていた椅子、大事にしていた食器やヘアブラシを見ると、どうしても涙があふれてしまう。お恥ずかしいのですが、毎日泣いて暮らしました。あのころのことは、それくらいしか覚えていない。妻がいないというだけで、今までとまったく異なる人生が始まると知りました」

その気持ちは涼子にもよく分かる。分かりすぎるほどだった。けれど、どんな言葉をかけていいのか分からない。涼子は、再び榎戸の目を見てうなずくことしかできなかった。

「そしたら、今度は自分の病気ですよ。でも、これはちっとも悲しくなかった。思い立ったのは旅行です。妻と二人で旅に出よう。いつか一緒に行くと約束したパリにしよう——末期癌の宣告を受けた日、そう決めました」

榎戸は、「妻には悪いことをした。もっと早く病院に連れて行けば……」と、声を詰まらせた。

「ごめん。あの日、早く帰れなくて、本当にごめん」

榎戸はそうつぶやき、海に向かって頭を下げた。あとは無言だった。

「……ありがと。浜に戻ってや」

榎戸の言葉に良彦は無言でうなずくと、再びボートのエンジンをかけた。けたたましい音とともに、船体が生き返ったように振動を始めた。

ボートは、お骨を沈めた場所を中心に、ゆっくり旋回した。航跡が小さな渦を生み、それに合わせて花びらがさまざまに形を変える。

船の周回が徐々に広がり、やがて陸を目指してまっすぐに進み始めた。後方の海面をじっと見つめていた榎戸は両手を高く掲げ、散骨した沖に向かって大きく左右に揺らした。

防波堤が近づいたときだ。キャビンで座っていた榎戸が、突然「痛っ」と腹を押さえてうずくまった。

「大丈夫ですか」

すぐにバッグからレスキューと呼ばれる臨時のモルヒネ薬を取り出す。

涼子は榎戸の口にその痛み止め薬を含ませた。五分ほどすると、苦痛に満ちた榎戸の表情が和らいだ。

「ありがとうございます。すみませんでした」

「医者なら、浜通《はまどお》りに診療所がありますよ」

ボートを操縦しながら、良彦が心配そうに二人に声をかけた。

涼子は自分が医師であると言ってなかったことに気づいた。それならご心配なく――と答えようとしたときだ。

「徳大出の先生で、東京からUターンしたばかりなのに評判いいみたいです」

涼子は全身の毛が一気に逆立つ思いだった。

「あの、その先生って……」

「はい？」

「その先生の名前、分かります？」

「さあ、知りません。『浜通りクリニック』っていう新しい診療所です」

「医者はどんな人ですか？」

「四十歳くらいで、穏やかな感じですね。確か専門は麻酔とか。背はあんまり高くなくて、メガネをかけてたっけ」

晴臣であってもおかしくない。まさか、こんな偶然があるのか――。

「その診療所、近くですか？」

「ええ」

「榎戸さん、ちょっと寄ってもいいでしょうか？」

「もう、痛みは大丈夫ですが」

榎戸は不思議そうな顔をした。

「すみません、受診ではなくて、ちょっと確かめたいことがあるんです。ほんの少しだけ、お時間は取りません」

「別に構いませんよ」

榎戸はすぐに了解してくれた。

数分で到着した診療所は、戸建てのしゃれた造りだった。扉には、「木曜午後・休診」と書かれた札がかかっている。あいにくのタイミングだった。

あきらめきれず、裏へ回る。思った通り、診療所は住居とつながっていた。

「あなた、その枝をもっと短く」

女性の声がした。庭木の手入れをしているようだ。

枝を切る男性の後ろ姿も見えた。

少し太ったようだが、晴臣だ。かつての自分には見せたことのない、くつろいだ様子だった。

「新しい家庭を作っていたなんて……」

晴臣の横顔を見つめるうちに、声が突き上げてくるのを抑えられなくなった。

「どうして！」

涼子が飛び出して行こうとすると、榎戸に腕を押さえられた。

「やめておきなさい」

制止を振り切って涼子は叫んだ。

「ハルちゃん！　どうしてなの！　ハルちゃんってば！」

庭先にいた夫は、ゆっくりと振り返った。

「あっ……」

なんとその男性は、晴臣ではなかった。横顔は、そっくりだったのに。

怪訝そうにこちらを向いた男はすぐに元の姿勢に戻ると、剪定《せんてい》を再開した。女性の「その枝も混んでるわ」という声が聞こえる。何ごともなかったかのように。二人には涼子と榎戸が争っていると見えたのだろう。

その夜、涼子は疲れているはずなのに眠れなかった。

時計を見ると、深夜一時だ。気分転換をしようと、ホテルの部屋を出る。

ひっそりしたロビーには、ソファーで新聞を読んでいる男性がいた。榎戸だった。

「榎戸さん、夜ふかしですか」

後ろから声をかけた。榎戸はびくりと肩を揺らし、新聞から顔を上げた。

「ああ、先生。僕、夢の中にうまく入れませんでした」

榎戸は目尻にしわを寄せた。泣きそうな笑顔だった。

「可愛いことをおっしゃいますね。実は、私もです」

涼子もほほえみ返す。

「お痛みは出ていませんか？」

「おかげさまで大丈夫です」

榎戸は新聞を静かにたたんだ。

「椎名先生、立ち入ったことを言うようですが……ハルちゃんっていうのは？」

榎戸は眉を寄せて涼子をのぞき込んだ。

「昼間はすみませんでした。私も、お話ししなければと思っていたんです。ハルというのは晴臣、別居中の夫のことです」

「やはり、そうでしたか」

涼子は興奮してしまった自分が恥ずかしかった。

「まさか夫がこんな所にいるはずはないのに。私、どうかしていました」

榎戸が、あわれむように涼子を見た。

「椎名先生は、ご主人をあきらめきれませんか」

初めてそんなふうに尋ねられ、涼子は戸惑った。

「九年も夫婦でしたから」

出てきた言葉は、本心とは少し離れたところで像を結んだ。なぜ晴臣をあきらめられないのだろう。晴臣への愛情だと思っていた。だが、自分をこんなに悲しませる男のどこがいいのか、単なる執着にすぎないのではないか、もはや涼子自身も分からなくなっていた。

「バカみたい」

思わずそうつぶやく。

榎戸が「おや」という顔で涼子を見た。

「豚毛の歯ブラシも、イタリアのスーツも靴も、基礎体温計も、野菜ジュースも、みんな捨ててやります！」

榎戸が、くすりと笑った。

「何があったか知りませんが、椎名先生は、椎名先生のままでいいんですよ」

榎戸に見つめられる。

「椎名先生のままでいい」という言葉が頭の中で反響した。無傷のまま自分の手元に残ったものは、「椎名」という旧姓だけのような気がする。

笑いかけたつもりなのに、まぶたがじわりと熱くなった。止めようと思うのに、次から次へとしずくが落ちる。

最終日の朝、涼子は榎戸と一緒にタクシーで徳島空港へ向かった。

「椎名先生、いつまでご主人を待つんですか」

通り過ぎる街並みに目をやりながら、思いついたような調子で榎戸が言う。

「待つのをやめると、楽になりますよ」とも。

「やめます。彼の幸せの邪魔をしたくはないし。自分は自分の幸せを探したいし……」

あの診療所の裏で庭木の剪定をする男性を見てから、夫もきっと、どこかで幸せに暮らし始めているような気がした。残りの人生は夫を手放して、自分が幸せを感じる時間を増やした方がいい。そんな当たり前のことに、ようやく気づいた。

自分は必要な人間なのだろうかと、子供のころから思ってきた。

幼い時期の外国生活では、声高に自己主張し合うソサエティの片隅で、振り落とされまいと何かに必死にしがみついてきた。ネイティブの彼らと異邦人の自分との溝は、男と女のひずみにも似ている。日本に暮らすようになってからは、そんなふうに感じた。

医師になっても、結婚してからも、どこかで自分は相変わらず同じことを考えている。コミュニティーに必要だと認めてもらいたくて、あくせく生きてきた。そんな毎日を望んでなどいなかったのに。

「どうされました？」

榎戸が静かな声で言った。

「役に立たない私は排除されるのかなと——仕事も、家庭も」

医者らしい仕事とか、妻らしい務めとか、今もそんなことを考えている。

「先生は、真面目ですね」

榎戸のかすれた声が続く。

「そのままでいいんです。それに人間、道草しながら生きていかないと」

「道草——」

「運転手さん、空港へ行く前に鳴門海峡へ足を延ばしたいんですが。この先生に渦潮を見せたいから」

「いけませんよ！　早く東京へ戻らなければ」

榎戸の病状は不安定で、限られた時間しか残されていないのだ。それに、石崎にまた何を言われるかと思うと憂鬱だ。

「僕は大丈夫です。いえ、これは僕の希望です。椎名先生、一緒に道草を楽しみましょう」

榎戸は、いたずらっぽくほほえんだ。

涼子はしばらく榎戸を見つめた。

死期の迫る患者は、ゆうゆうとした表情でペットボトルのお茶をリュックから取り出して飲み始める。まるでピクニックに来ているような、のどかな風情だ。

「無駄に見えることが、一番のぜいたくなんですよ」

榎戸の言葉を聞きながら、肩の力が抜けていった。涼子はスマホを取り出して病院に電話を入れる。

「榎戸さんの具合がちょっと安定しないので、帰りのフライトを変更します」

嘘をついた。石崎は、思ったほど困った様子もなく、すんなりと了解してくれた。

電話のやり取りから、うまく事が運んだのを察したのか、榎戸がVサインをする。

「誰かの予定なんて少しくらい変更があっても、世の中は変わらずに進むものですよ」

涼子は不思議な気持ちだった。

パリから東京、東京から徳島と、榎戸のエスコート役を務めてきたつもりなのに、今は自分が榎戸に付き添われているようだ。

「じゃあ世界三大潮流、鳴門の渦潮を見に行きましょう。イタリアのメッシーナ海峡、カナダのセイモア海峡と並ぶ絶景を見ずに人生を終えるのはもったいない。……その前に運転手さん、ちょっとあの店へ」

国道沿いにあった文具店の前で車を止めさせ、榎戸は買い物をした。彼から手渡されたのは、二十四色の色鉛筆とスケッチブックだった。

「え？」

「一緒にスケッチしましょう」

榎戸は真顔だった。

真っ白い画用紙を見た瞬間、医学部時代の解剖学実習を思い出した。涼子の班は「白菊会優等賞」を受賞した。自分たちの優秀さの証であった。あのころの自分は、一生懸命に生きていれば幸せになれる――と思っていた。

「先生、何をどう描いてもいいですよ。自由に描いた絵はあなたそのもの。絵に、間違いなんてない」

「間違いなんて、ない」

涼子は同じ言葉を繰り返した。

「そう。椎名先生は椎名先生の思うように生きればいい。何があっても、どんな道草をしても、それが椎名先生なんです。そこが椎名先生のいいところなんです」

榎戸のあたたかい言葉がくすぐったい。パリ―東京は九千七百キロ、東京―徳島が五百キロ。長い距離と時間をともに過ごした患者だからこそ、涼子のことを分かってくれたのだろう。

今までの自分は、救急車が到着する救急搬入口から処置室まで、ほんの数メートルを全速力で駆け抜けながら、わずかな時間を患者と共有するだけだった。それが今は――。

ここから鳴門海峡は、まだあと二十キロもあるという。涼子は、思いがけない形で始まった旅にゆっくりと身を任せることにした。

「これ、道草ですね？」

「そうです。道草です」

限られた榎戸の時間が、自分のために費やされている。涼子は切なさと感謝の思いで胸がいっぱいになった。

◇◇◇

——一九九八年六月

カレンダーが六月に切り替わり、解剖実習も後半の課程に入った。

平年より一週間も早く梅雨入りした東京は、傘を手放せない日々が続いている。

ご遺体にはすっかり慣れた。だがその代わり、別の感情が生まれるのを涼子は感じる。体の奥深くを切り開き、各臓器を一つずつ取り出す瞬間、見事な精密機器が存在するという事実は、やはり神秘的だった。かつて、これらは動き、生命を維持していたのだ。

頸部や上肢に始まり、肺や心臓など胸部の観察をした。続いて腹部に移り、小腸や大腸、胃や肝臓、膵臓を学び、さらに深い部分にある腎臓や脾臓、生殖器、そして大動脈や大静脈なども見る。

毎回、課題の部位を剖出できた班から、城之内先生のチェックを受ける。剖出できているかどうかだけでなく、先生が指し示した臓器の細かな部位の名称を答えられなければ、共同責任でその班は再チェックとなる。小テストも数回あり、運だけでは乗り切れなかった。

班のメンバーは解剖作業を行いながら、「どこに何がどのようにあるのか」をひたすら互いに質問し合って頭にたたき込んだ。小さな筋肉に始まり、あらゆる神経や血管にまで名前が付いている。都道府県の名前だけでなく、市町村名やそこを走る道路の名前までも覚えるようなものだ。

学習の成果を際限なく試され、それを小テストやレポートなどの形で示さなければならない。

レポートの提出で涼子は一度、城之内先生に強く叱責された。

「椎名涼子さん！」

実習開始前のレクチャーのときだった。全員の前で涼子は城之内先生に名前を呼ばれた。

「あなたのこのレポート、すべて失格。小テストもスケッチも、全部失格ね。取りに来なさい！」

あわてて城之内先生の前に立った。何事が起きているのか理解できなかった。

「椎名さん、あなた『解剖学』って字、間違って書いているわよ」

突き返された文書に目をやる。瞬間、机上に置かれたテキストの題字と照らし合わせる。

やってしまった——。涼子は「解剖」を「解房」と書いていた。

教室内に爆笑が渦巻く。

恥ずかしさに顔が熱くなった。実は漢字が苦手であるという、これまで隠していた弱点を露呈してしまった。

けれど一方で、医学の本質とは関係のない小さなことで、ここまで強く言われなくてもいいのではないかと恨めしくもあった。

「つまらない指摘だと思っているかもしれない。でもね、字を書き間違えただけで、あなたが思ってもみない最悪の結果を招くこともあるのよ」

涼子の気持ちを見透かしたように、城之内先生が言った。

自分の席に戻ると、同じ班の仁美が「ドンマイ」と口の形で励ましてくれる。恵子が「私も橈骨《とうこつ》を書けなかった」と舌を出し、早紀が「提出前に、お互いチェックし合おう」と言ってくれた。

ありがたかった。解剖学実習そのものが楽しいのは、実習班の顔ぶれが素晴らしいからだと感じた。

最初はメンバー同士の会話や距離の取り方にもぎくしゃくしたものを感じたが、実習が進むにつれて、四人は教室の内外で助け合う仲になっていった。

体調変化の激しい早紀は、なるべく休ませた。仁美が親戚の不幸で実家に帰ったときは、彼女の分まで頑張った。失恋で泣き止まない恵子の愚痴にも付き合った。涼子自身も、ＡＴＭから預金を引き出せなくなって恵子にお金を借りたことがある。極限まで記憶力に負荷をかけたせいだろうか。キャッシュカードの暗証番号を思い出せなくなったのだ。

今日は骨盤に入っている臓器の観察だった。骨盤の前後にある仙骨と恥骨を切ると、骨盤が左右に割れ、膀胱《ぼうこう》や直腸などが姿を現す。その間に挟まれるように子宮があった。

これが子宮――。ナスの形をした、ちょっと大ぶりな卵程度の大きさしかない。

男性のご遺体を担当している班の学生が、こちらの解剖台まで見学に来た。城之内先生が解説をしてくれる。女性にしかないこの小さな臓器が、ミクロの生命を育み、妊娠中は大きく伸び、胎児を包んでいたのだ、と。

骨盤に集まる筋肉を見る。尿や便を漏らさないために尿道括約《かつやく》筋や肛門括約筋がどのような構造にあるか理解できる。地味だが大切な筋肉だ。

人体に不要なものは何一つとしてない――城之内先生が言っていた通りだ。

涼子たちは、男性のご遺体を担当していた隣の班へ行き、男性生殖器を観察させてもらう。前立腺の中を尿道が通る。高齢になって前立腺肥大になると尿が出にくくなる理由がよく分かる。

オーケストラのように臓器の一つ一つが重要な意味を持ち、その総和で自分自身もこの世に誕生して生きているのだと思うと、どの臓器も大切で、愛《いと》おしく思えた。

続いて顔の解剖へ移る。表情筋を切ってしまわないよう、薄い皮膚をそっと剝がした。ほとんどの筋肉は骨に付着しているが、顔の筋肉だけは皮膚に付いている。そうして、いろいろな表情を作るのだ。

表情は、脳の働きを他者に知らせる役割があるのだろう。まるでコンピューターのモニター画面だ。

「涼子、涼子ってば」

仁美に呼ばれて、我に返った。

「急ごうよ」

周囲を見回すと、作業を終えた班から退出し、半分以上はいなくなっていた。

「今日、論文検索法の講習会に出たいの。そろそろ終わらない？」

仁美がそわそわとメスやスケッチブックを片付け始める。

「行っていいよ。私、もうちょっと作業したいから」

そう涼子は答え、恵子と二人で作業を続けた。あと二時間ほどで、表情筋をうまく剖出できそうだった。

「悪いわね。じゃ、よろしくね」

仁美が手で拝むポーズをして去った。すでに早紀は実習中に気分が悪くなり、一足先に教室を抜け出していた。

恵子と涼子以外の学生は、すべて帰ってしまった。城之内先生もいない。解剖学教室で、二人は静かに作業を進めた。

涼子はふと、今朝のことを思い出した。

「朝、黒板に書いてあった『ナボタ』って何？」

今朝、涼子が授業開始ギリギリで教室に着いたとき、城之内先生が黙って黒板の大きな文字を消していた。何か特別な解剖用語だろうかと思ったが、特に説明もされず、忘れていたのがふっとよみがえったのだ。

「ああ、あれ。タナボタよ」

いつも教室に早く着く恵子は、やはり知っていた。

「タナボタって、棚からぼた餅のタナボタのこと？」

「そう――タナボタ教授。城之内先生の悪口よ」

「なんで？　よく知らないけど、それって、何年前の話してるわけ」

「女が医学部の教授になったのをいまだに許せない男がウジャウジャいるってことじゃな

いかな」

　恵子にしては珍しく怒ったような表情になる。

「へええ、男のジェラシーは怖いねえ」

　恵子が「そう言えば」と話し始めた。

「関係があるのかどうか分からないけど、城之内先生って、いつも何かに悩んでいるように見えることがあるのよね」

　涼子も思い当たることがあった。特に、自分を見るときの城之内先生の様子が、どことなくぎこちないというか、おどおどしているようにすら感じることがあった。

「あるある。なんか分からないけれど、城之内先生は私たち四人に負い目を感じているような気がする」

　恵子が、「確かに、そんな感じよね」とうなずいた。

「城之内先生って、あなたたちには苦労をかけているって口癖のように言うじゃない。もしかすると、女子だけの班にしたのを後悔してるんじゃないかしら」

　恵子の考えは涼子も納得できる。

「それはあるかもね。最初の授業で城之内先生は、女性だけの班編成にしたことについて主義主張を説明したけどね。後になってそこまで悩むくらいなら、女子だけのグループなんで作らなきゃよかったのにね。結構、大学でも問題になったらしいよ。なんであんなことで波風立てなきゃならなかったのか……」

涼子は不思議だった。なぜ城之内先生はわざわざ周囲と軋轢《あつれき》を生むようなことをするのだろう、と思った。快適に過ごすには、多少のことには目をつぶって生きた方が楽なのではないか、と。

どこかの班の男子学生たちが教室に入ってきた。

解剖台の前で小さな電子音が響き、笑い声が起きる。彼らは「ごはん」「うんち」などと言いながら、手の中の物を見せ合っている。

「たまごっちだよ。ご遺体の前で、どういう神経してんだろ？」

恵子が吐き捨てるように言った。

「遊んでるなら帰ればいいのにね。さ、こっちは集中しよ」

涼子と恵子は、再び作業に没頭した。

二時間後、ついに表情筋すべての剖出を終えた。

「きれい！」

恵子がため息をつく。

「これ見たら、仁美も早紀も、びっくりするね！」

涼子はガッツポーズをした。その美しい筋肉の流れを丹念にスケッチする。自分の見たままを、気持ちを込め、時間をかけて画用紙に描いていった。至福の時間だった。こういう感情が、医師になってからもずっと続くものだと信じていた。

# 第五章　ＮＩＣＵチーフ——恵子

「人類の半数である女性は、やがてもう半分の男性と対等にみられる時代が遠からずこのアメリカに来るでしょう」

（ブラックウェルが母に宛てた手紙の言葉）

――二〇一八年十二月

母体から出た患児の臍帯《さいたい》が切断されると、小児科医の出番だ。

その赤ちゃんは、五百二十五グラムで生まれた。渋谷にある日星《にっせい》医療センター新生児科に所属する安蘭恵子は、赤ちゃんをＮＩＣＵ――新生児集中治療室に受け入れた。

ペットボトル一本分の重さ。健康な子の平均体重三千グラムを大きく下回るだけではない。呼吸が弱いために泣き声を上げず、体はだらりとして筋肉の緊張も乏しかった。

体温の維持に努めつつ、気管に入った羊水を細いチューブで吸引する。肌をさすって刺激を与えるが、泣き出す気配はない。小さな命を受け取ってから三十秒が経過した。

酸素飽和度モニターを装着する。心拍数が百に届かない。

ただちに極小エアバッグのマスクを口に当て、人工呼吸を行う。同時に看護師が臍帯の静脈から点滴のカテーテルを入れた。こうした超低出生体重児の場合、点滴をする血管が見つかりにくく、緊急事態には臍帯の静脈が一番確実だ。

心拍数が六十を切った瞬間、胸骨圧迫を開始し、心臓の動きを助ける薬剤、アドレナリンを投与する。

一分が経過した。

心拍数は徐々に上昇し、百を超えた。だが、まだ全身は紫色で、苦しそうな呼吸が続く。その肌の色は、明らかにチアノーゼの状態を示している。血液中に酸素が不足しているサイン、つまり、呼吸や循環がうまくいっていない証拠だ。努力呼吸と呼ばれるあえぐような呼吸状態は、赤ちゃんが全身で「生きたい」と訴えているようだった。

そこで酸素投与を追加した。赤ちゃんの肌が、ようやく明るいピンク色になる。

恵子は動かし続けていた手を止め、赤ちゃんの顔を見た。おでこの広い、目の愛らしい女の子だった。

酸素投与を継続して当座の呼吸を支え、口からお乳を吸う力がつくまでは点滴や鼻からのチューブで栄養を与える。かつては生きられなかった小さな命を救い上げた。まさに小児医学の進歩だ。

「赤ちゃんは頑張っていますよ」

まだ分娩室《ぶんべん》で胎盤処理を受けている母親に声をかける。

小暮美穂《こぐれみほ》、三十八歳。恵子自身が子を産んだ年齢より一歳上だ。初めて母になった女性の疲れ果てた表情が、その瞬間に笑顔に変わる。

「先生、よろしくお願いします。どうか、よろしく……」

涙声になる母親にほほえみ返しながら、恵子は気を引き締める。まだ、赤ちゃんの命は不安定だ。「無事ですよ」とも、「安心してください」とも口にはできなかった。この病棟には、順調な正常分娩の母子など一組もいない。

赤ちゃんの命の責任者は、母親の子宮内にいる間は産婦人科医、この世に生まれた瞬間から小児科医となる。

小児科がカバーする範囲は広い。〇歳から十四歳までのうち、恵子は特に生まれたばかり、生後二十八日までを担当する新生児科医だった。

日星医療センターの新生児科には常勤の医師が六名在籍している。全員、小児科出身だ。恵子は、新生児科の副部長でＮＩＣＵのチーフの任にある。生まれたての命を預かる責任者として、何かあれば夜間であっても駆けつけた。

今年もあっという間に年の瀬を迎えた。

恵子は渋谷駅から井の頭線に乗った。夜の十一時だというのに座ることもできない。明大前で京王線に乗り換える際、人混みにもまれて足がもつれそうになった。やっと調布駅に着く。タクシー乗り場の行列を横目に、ひたすら夜道を十五分間歩いた。家に着いたとたん、自分の体が疲れ切っているのを感じる。もうすぐ日付が変わりそうだ。玄関先で「ただいま」と言ったが、いつも返ってくる夫の返事はなかった。

リビングに入ると、夫は大きなため息をついている。焼酎がボトル半分くらいに減っていた。

「ああ、帰ったのか」

「千尋《ちひろ》は？」

三歳の一人娘が気になった。今日はヘルパーのお迎えで夜間保育から午後九時には帰宅したはずだ。

「とっくに寝かしつけたよ」

夫が不満そうな表情で、新聞を引き寄せる。

千尋は、いわゆる「隠れ待機児童」だ。希望した公立の認可保育所は落ち、日中と夜間と二つの無認可施設をヘルパーの手を借りて渡り歩いている。毎日が綱渡りの子育てだった。

手を洗い、着替えを済ませてリビングに戻った。夫はまだ焼酎を飲んでいる。

「どうしたの？　仕事のこと？」

夫は家庭や子育てに関心のない男だった。ましてや恵子の病院での日々に興味はない。頭の中には、常に自分の仕事しかなかった。そして、「家事は女の仕事」と思い込んでいる。恵子の方がどれほど忙しい毎日を送っていたとしても、だ。

商社マンの夫が会社を辞めたいと言い出したのは、半年前のことだった。

独立して、東京郊外にある自然派農場の経営パートナーになると宣言した。そのファームは農薬や化学肥料の使用を極力抑え、休閑地に緑肥を与えて自然と共存する持続可能な農業を展開しているとのことだった。何種類もの作物を栽培している中で、主力商品は高級卵と果実製品だという。商社でアメリカのアグリビジネスを担当したことがある経験を生かして、起業家としてやってみたい――と夫は夢を語った。

夫の言うビジネスのことはよく分からなかったが、恵子は賛成した。

女性の医師と非医療関係者という夫婦は意外に多い。うまくやっていく秘訣は、互いの仕事に干渉しないことだった。

だが、夢の独立を果たしたはずの夫は、浮かない顔をしている日が増えた。

「うん、まあな」

「売れないの？」

「特に、卵がな。品質は最高なのになあ。どうしてだと思う？」

何よりも健康と安全が重視される時代だ。夫は、卵も必ず高級志向になると言っていた。夫が経営に参画したファームでは、鶏の餌に配合飼料を使わない。トウモロコシや玄米、きな粉、小松菜、カボチャ、大根葉、脱脂粉乳、おから、魚粉などは、すべて人間でも食べられる品質のものを使用していた。

鶏は飼育ケージに入れず、放し飼いにしている。できるだけストレスをかけず、自然な形で産卵させるためだという。大きなケージで何千羽という単位で卵を産ませるのとは違い、わずか数百羽で始めたテストケースだった。

夫が持ち帰る卵は、確かにおいしい。味が濃く、ほんのり甘味も感じられた。シンプルな目玉焼きや卵かけご飯にすると、その違いがよく分かった。

しかし、質のよさは見た目では分かりにくい。同じ白色《はくしよく》レグホンの卵なら、一パック十個入りでスーパーでは九十八円で売られていることもある。夫のファームの卵は一つ五十円、一パックで五百円もした。

「値段かもね……」

夫は嫌な顔をした。

「やっぱり、先取りし過ぎたかなあ」

「少しコストカットできないの？　餌とか」

以前、餌の値段が高いと言っていたのを思い出した。

「市販の配合飼料には抗生物質とか、いろいろ入っているんだぜ。トウモロコシや玄米だって、人に食べさせられない品質のものが混ざってる。そんなので育てられた鶏の卵を、千尋に食べさせたいか？」

夫は顔を赤くして「寝るよ」と立ち上がった。千尋がそもそも卵をあまり好きでないことを夫は知らない。だが、こうした食の安全や質といった話になると、決まって娘を引き合いに出した。

「……にしても医大とか医学部とか、医者の世界ってのは、大変な伏魔殿だな。ひどいなあ、この女子差別はよ」

リビングからの去り際、夫は手元の新聞記事についてコメントした。

文部科学省の調査で、全国の十大学で不適切または不適切な疑いのある入試が判明した——とする最終報告書が公表されたというのだ。公式に不正が指摘されたのは、東都医科大学、同和大学、六甲台大学《ろっこうだい》、盛岡医科大学《もりおか》、加賀医科大学《かが》、博多城南大学《はかたじようなん》、仁天堂大学、北辰《きたたつ》大学、日乃本《ひのもと》大学、聖母マリア医科大学。「女子差別」「年齢や浪人回数による差別」「同窓生の子弟など特定の受験生の優遇」という三つの類型で差別を横行させていたらしい。

NICUの目の回る忙しさで、恵子は、世間の出来事からは隔絶された生活を送っていた。医学部不正入試のニュースに怒るどころか、その問題そのものをよく知らないで過ごしている。今年一年は、平昌《ピョンチャン》冬季オリンピックのメダルの話題と歴史的な米朝首脳会談のニュースも、多くの人が知ってから情報にたどりつく。それも、斜め読みでやっと、だ。

「女子受験生はコミュニケーション能力が高いので、男子の方を救いたかった——だってよ。これ、ウチにも当てはまる言い訳だな」

嫌味を言って寝室へ向かう夫にため息が出る。口喧嘩で恵子が強いと言いたいのか。仕事のストレスを妻に向かって吐き出すような小さな男ではなかったのに——。

三十代の後半に差しかかったころから、婚活パーティーに参加するようになった。人を値踏みするような視線と実りのない会話ばかりで、うんざりの連続だった。何度目かの機会に出会った今の夫は、自分の打ち込む仕事について夢中で話した。その純粋さが好ましかった。二次会のカラオケでは、恵子の好きなSMAPのメドレーを熱唱した。楽しそうに歌う横顔に癒やされ、その歌声をずっと聞き続けて生きていきたいと思った。

――それが今では癒やされるどころではない。

もう一度ため息をついてから、恵子は今日初めて新聞を手に取った。

翌日は日曜日だったが、夫は、いつものように朝からファームに出かけた。恵子は一か月くらい前の風邪がなかなか抜けず、まだ喉も痛い。アスピリンを飲んで、ゆっくり娘と家で過ごすことにした。少ない休日には、いつも用事が目いっぱい入っていた。こうやって休みの日に千尋とのんびり家で過ごすなんて何か月ぶりだろう。

冷蔵庫には、卵が常時、五パックくらい並んでいた。夫が毎日のように売れ残りを持ち帰るからだ。食べても食べても、卵はなくならない。

昼過ぎ、千尋と一緒に、卵を大量消費できるマドレーヌを作ることにした。これなら娘も進んで食べる。

たくさん作って保育園に持っていけば、きっと喜ばれるだろう。保育士たちにはいつも無理を聞いてもらっている。せめてもの罪滅ぼしだ。広い園庭のある公立の認可保育所に一日も早く移りたいが、それまでは駅前にある今の無認可施設で親子とも生きながらえなくてはならない。

マドレーヌは作り方も簡単だった。粉とバター、砂糖、卵を混ぜるだけ。あとは型に入れて、オーブンでどんどん焼けばいい。

キッチンに立って恵子は、ぼんやりと新生児科のことを考えていた。
とにかくスタッフが足りない。医師も、看護師も、それに、ベッドが絶望的に足りないのだ。

リスクの高い低出生体重児や重い病気を患って生まれた赤ちゃんが運ばれるＮＩＣＵは、ほとんど常に満床だった。

小さな命が次々と運ばれてきては、恵子たちの処置を待つ。触れるだけで壊れそうな、消え入る寸前の新しい命。だが、手を伸ばさなければならない。受け入れなければならない。それが恵子の仕事だった。

事件が起きたのは、粉をふるっているときだった。

テーブルに出した卵の一つに千尋が触ったと思った瞬間、小さな指先をすり抜け、ころころと転がって落ちた。くしゃりという音を立て、黄身は崩れて床に広がった。

「あららら、じっとしててね」

恵子は、千尋を驚かせないよう、明るい声をかけた。卵はまだ冷蔵庫にたくさん残っている。床にかがんでペーパータオルで手早く拭き取った直後のことだ。もう一つ、卵が目の前に落ちてきた。褐色の殻がつぶれ、小さな血斑のにじむ卵黄が流れ出た。

驚いてテーブルを見ると、千尋がさらにもう一つ手に取り、テーブルの上を転がそうと

けら
している。

「何やってるの！」

あわてて卵を奪った。千尋は一瞬、何が起きたか分からないような顔をしたあと、けらけらと笑い声をもらした。

「落としちゃ、ダメでしょ！　食べられなくなっちゃうでしょ！」

大声が出る。千尋は「やだあ」と言い、また卵を取ろうとする。

「卵は、おもちゃじゃないの！」

恵子はパックをテーブルの向こう側に押しやる。千尋はますます意固地になって、卵を取ろうとテーブルに登った。

「たまごおー」

言うことを聞かない千尋の頬を、恵子は強くたたいた。千尋は床にひっくり返って激しく泣き始めた。手を引っ張って床の卵を見せる。

「ほら、こんなになっちゃったでしょ！　どうするの！」

マドレーヌを作る気持ちはすっかり消えていた。床の卵を拭き取った手で材料をすべて冷蔵庫に戻す。貴重な休日を台なしにしてしまった。頭の奥深くで鈍い痛みが音を立てている。

気づくと、泣き疲れた千尋は床の上で眠っていた。顔には、涙や鼻水の跡があった。しばらくその顔を見つめたあと、ベッドの上に運ぶ。そのまま恵子も眠ってしまった。

夫が帰ってきたときは、夕食の用意は何もできていなかった。

「今日は休みだったんだろ。どういうことだよ」

「ごめん、ちょっと頭痛がして……」

恵子はひとまず買ってあった漬物とご飯を出し、冷凍の魚を焼き始めた。

「ファームの余り物を食べろって意味か」

そう言って夫は、冷蔵庫を開けて卵三つを手に取った。恵子の体調への気遣いはなかった。

寝室から起き出して来た千尋が、夫の膝に乗る。

「パパー」

夫が卵を自分の小鉢に割り入れる。あと二つの卵はテーブルにあるが、千尋がいたずらをする様子はなかった。ほっとしながら、ワカメの味噌汁と焼き魚を卓上に並べる。昼間、千尋がわざと卵を落としたことを、恵子は言うつもりはなかった。

「この卵かけご飯、最高だよね」

ファームの卵を声に出してほめることで、食卓の気まずい空気を少しでも変えたかった。

だが世辞ばかりではなく、恵子は本気でそう思っていた。しかも、今日は昼から何も食べていない。朝炊いた炊飯器の残りでは心もとないほどだった。

「これ」

食後、夫が恵子に瓶詰を二つ手渡してきた。ずしりと重い。

「ファームの新商品。販売網の開拓を始めるところなんだ。感想を聞かせてくれ」

血糖値が上がったせいか、夫の機嫌がよくなっている。

透き通る甘夏色のマーマレードと、さらに濃厚なオレンジ色をしたあんずのジャムだった。蓋を開けると、果汁をしぼった瞬間に感じる甘酸っぱい香りが一気に押し寄せてくる。実に魅惑的だった。

売れそうだ、と直感した。これがヒットすれば、夫も明るさを取り戻せるかもしれない。ファームの仕事を始めたばかりのころのように。

早朝、恵子は寒気を覚えて目が覚めた。

ぼんやりとした頭で、恵子は千尋をたたいてしまったことを思い出した。卵を落としたくらいのことで我が子に手を上げるなんて、相当イライラしている。仕事に追われ続け、ストレスがたまっていた。

起きなければならない時刻はまだ先だ。部屋を暖めてから着替えをしたい。エアコンのリモコンを取ろうとした。だが、するりと右手から落ちる。左手も同じだ。うまく握れず、指もよく曲がらなかった。

「あれ？」

動きの悪い手に驚いた。

布団の中で、両手を見つめる。外表は何の異常もない。

両手の指を一本ずつ折り曲げてみる。ふわふわとした感覚で、しっかり力が入らなかった。

不安になった。

昨日はなかなか寝つけずにいた。姿勢を何度も変えるうちに、変な格好で横になっていたかもしれない。ならば、神経の圧迫による麻痺《まひ》も考えられる。そんなことを思ううちに、恵子は再びまどろみ始めていた。

一時間ほどして、隣に寝ていた千尋が目を覚ました。

千尋が恵子に抱きついてくる。それだけで、恵子は体にエネルギーが湧いてきたように感じた。実際、手の力は戻っている。床に落ちたリモコンを拾い上げる。右手も左手も何でもなかった。

恵子は安心して、布団に潜り込んだ千尋を引っ張り上げる。

「もう七時だから起きなきゃね。保育園に遅れちゃうよ」

千尋の額の髪を、左右に流して整える。

「ねむいー」

千尋が目を閉じたまま答えた。恵子は千尋の額の髪を、左右に流して整える。

「はい、かわいこちゃんのできあがりい」

そう言って脇腹をくすぐると、千尋は声を立てて笑った。

「ママ、もう怒ってない？」

千尋が小さく首をかしげる。すぐに言葉を返すことができず、恵子は千尋を強く抱きしめた。

「ごめんね、ごめんね。怒ってないよ」

母と娘は再び強く抱き合った。夫は別の寝室で眠ったままだった。

恵子は朝一番で新生児室を回診する。いくつもの医療機器を従えた透明な保育器が並ぶＮＩＣＵ十二床と、容態がやや安定してＮＩＣＵを「卒業」した赤ちゃんが入る回復期病床二十八床が隣り合わせにある。ここへ入るときは、手洗いは当然のこと、滅菌したガウンを着け、患児が感染しないように十分配慮する。

超未熟児の赤ちゃんにとって、保育器は母親のお腹だ。

中の赤ちゃんは、ふんわりとしたタオルで囲われ、室内の照明も落としてある。患児の体温を保つため、室温は三十度近くに設定されていた。真冬でも汗ばむほどで、ここにいるだけで大人は体力を消耗する。

——小暮ちゃん、おはよう。

五百二十五グラムで生まれた赤ちゃんに、心の中で声をかける。

保育器の中で眠る子供たちの多くに、名前はまだない。新生児科のスタッフは、それぞれの名字に「ちゃん」を付けて呼ぶのが習慣だった。

小暮ちゃんは、呼吸や血圧が安定し、チューブから入れられた母親の乳で、少しずつ大きく育ってきている。小指ほどの太さだった腕も、少しふっくらしてきた。

名前と言えば、恵子は病院内で旧姓の安蘭を名乗り続けている。時間勝負のＮＩＣＵでは、体に染み付いている名前で呼ばれた方がパッと反応できるからだ。

この朝も早速、通り過ぎようとした病棟の一角で、困惑顔の若い医師に呼び止められた。

「安蘭先生、ちょっと点滴が取れなくて……」

反射的に体が動く。カルテを確認した。早朝に、千グラムちょっとで生まれたばかりの赤ちゃんだ。点滴が漏れてしまったので、刺し替えが必要だった。

「いいわよ」

親指ほどの細い腕に、輪ゴムを切った結紮帯《けっさつ》で駆血《くけつ》する。皮膚がまだ薄いため、肘の後ろからペンライトの光を当てると血管が透けて見える。そこに向かって細い針を刺し入れようとしたとき、ふと恵子は今朝起きた手の症状を思い出した。

奇妙な感覚だった。もし今、あのときのように手をコントロールできない症状が出たら、どうなるだろう。赤ちゃんの腕を確実に傷つけてしまう。

そんなことがあってはならない。身がすくむ思いがした。

では、今朝の症状を、新生児科の部長やスタッフに報告しておくべきだろうか。もう二度と起きない可能性もある。あえてそれを言うことで、副部長の恵子は何を得て何を失うことになるのか。恵子は雑念を追い払いながら、二十六ゲージの留置針《りゅうちしん》と呼ばれる細い特殊な点滴針を手にした。

留置針は、内筒と外筒から構成されている。

内筒は血管壁を突き刺すための金属製の針、外筒は、血管に留置しておくための柔らかい素材でできた細いチューブで、内筒よりも少しだけ短い。内筒で血管壁を通過し、血液の逆流を確認したあと、さらにわずかに針を進める。それにより、外筒もきちんと血管壁を通過させることができる。

ほんのささいなコツだが、それが分からないと、内筒を抜いたときに外筒が血管壁の内側に残らず、点滴できない結果に終わるのだ。もちろん内筒の針を進めすぎてしまえば、血管壁の向こう側まで貫通してしまって失敗する。赤ちゃんの血管の太さは一ミリもない。わずかな血管壁の抵抗と、プツンとした血管壁を破るときの微小な感覚に全神経を集中させる――自分の呼吸運動や、心臓の拍動すら邪魔に感じられる瞬間だ。恵子は息を止め、新生児の腕に針の先端を押し当てた。

「お見事です」

ヘルプを求めてきた若い医師の声を聞いて、恵子は我に返った。留置針の外筒がきれいに入り、点滴はうまく落ちている。首筋を伝う感覚で、汗をびっしょりかいているのに気づいた。

恵子は一日中、手のことを思い出しては、同僚に言うか言うまいかと悩んだ。

その後は何ともないのだから問題ないはずだ。きっとストレスか何かによるものだろう。そう考えるものの、言いようのない不安が押し寄せる。深夜まで仕事は続いたが、その間、食欲は少しも起きなかった。

次の週末、恵子は家族で夫のファームを見に行った。早朝から新生児室を駆け足で回診し、時間をやりくりして午後から半休を取った。「一度でいいから見に来てほしい」という夫のリクエストにようやく応えられた。調布の自宅から甲州街道《こうしゅうかいどう》をひたすら西へ進む車の中で、恵子は眠りこけていた。

「コッコさん！」

冬の木枯らしの中、富士山を間近に仰ぐ村にあるファームは、思ったよりも広大だった。管理棟を取り囲むように畑と果樹林、加工場などが並び、その一角に鶏舎もある。

千尋が、走り回る鶏を指して全身で笑っていた。その姿に、恵子も嬉しくなる。

「鶏ものびのびして、気持ちよさそうねえ」

体はだるかったが、頑張って来てよかったと思った。

昨日もまた、早朝に手が動かなくなった。

「チーちゃん、転ばないでね」

駆け出した千尋に声をかけながら、恵子は右腕の筋肉をさすった。

年末を見越したシフトで、今週は当直が三日も入っていたせいか。動悸《どうき》もある。まだまだ元気なつもりでいたが、気づかないうちにストレスがたまっているのだろう。しばらくすると手に力が入るようになったが、こんなにも同じ症状を繰り返すとは。今の自分には気分転換が必要だ。

採卵用の鶏舎では、鶏が自由に動き回っている。平らな地面の上で放し飼いにすることから、「平飼《ひらが》い」と言うそうだ。よほど管理がいいのか、昔の鶏小屋でかいだような強い臭いは感じられなかった。

日に焼けた中年の作業員がバケツを抱えてやって来た。

「あれは生餌《いきえ》だよ」

バケツの中から粉状の餌をスコップですくい、器用に投げ入れる。瞬時に四方八方から鶏が集まって、餌をつつき始めた。池の鯉《こい》に餌を投げ入れたときのようだ。千尋がおもしろがって歓声を上げる。

「な、食いつき方が違うだろ。ちょっと高いけど、魚粉や大豆粉をたっぷり使っているからね」

夫は腕を組んで、自慢気に言った。しばらく鶏の餌の食べっぷりを眺めていると、自分たちもお腹がすいてきた。

「おにぎり、食べようか？」

千尋に聞くと、「やったー」と声が返ってくる。

暖房の効いた休憩室に入り、広々とした風景を見ながら、お弁当を広げた。おかずは卵焼きとミニトマトだ。おにぎりの具は、鮭《さけ》、梅干、昆布、たらこ、おかかと、さまざまにした。恵子自身はそれほど食欲はないが、夫も千尋も、思った以上に食べてくれる。多めに作ってきたかいがあった。

昼食を終えると、夫は鶏を外に放す時間だと言って立った。作業員が鶏舎の扉を開ける。鶏たちがそろそろと外に出て行った。中には、ものすごいスピードで走り出す鶏もいる。

思い思いに短い鳴き声を上げ、それがまた何かのＢＧＭのようで癒やされる。敷地内を縦横無尽に自由に歩き回る鶏たち。姿を見ているだけでおもしろく、気持ちがいい。白や茶色い羽の鶏が、競い合うように土を掘り返している。その周りをトサカのある雄鶏が、顔を上げて歩いている。「雄鶏は、雌鶏を守るために周囲を警戒しているんだ」と夫が教えてくれる。安心しているせいか、座り込んで眠っている雌鶏もいた。

ぐるりと鶏が並んでいる場所があった。近づいてみると水飲み場だった。一生懸命飲んでいる姿が、また可愛らしい。

日没前に鶏は鶏舎に戻すという。外に出しっぱなしにしておくと、狐《きつね》などに食べられてしまうからだ。散り散りに放された鶏がきちんと戻って来られるのだろうかと心配になるが、案外、大丈夫なものらしい。

千尋の姿が見えなくなった。

あわてて捜すと、鶏舎の裏手でしゃがみ込んでいた。目の前の地面には、大きな穴が開いている。深さは大人の身長ほどもあった。

「危ないよ、チーちゃん！」

中をのぞくと強烈な腐臭がした。穴の底には、卵が大量に入っている。割れているものも、そうでないものも、何百もあった。

「あれは何？」

恵子が尋ねると、バケツを手にやって来た夫は目をそらした。

「穴」

それは見れば分かる。なぜ、穴の中に卵があるのかを知りたかった。

「まさか、卵を捨ててるの？」

夫は、しぶしぶといった表情でうなずいた。

「仕方ないだろ。出来損ないは売り物にならないからな」

命を生み、育てている者の言葉とは思えなかった。

「ひどい！　どうしてなの」

「若鶏の産卵器官は成熟していないから、小さかったり、二黄卵になったりしやすいんだよ。出来損ないだけじゃなくて、売れ残りも多いし」

「まさか、こんなにたくさん……」

出来損ないや、売れ残りという言葉が頭の中で反響した。どちらも食べられるのに、標準規格でなければ価値がないという感覚が好きになれなかった。

「捨てるくらいなら安くできないの？　高い餌をやめてコストダウンするとか」

廃棄されるのが分かっていて生産を続けている。そんな場所が理想のファームなのか。

夫が悔しそうな顔でうつむいた。

「できるはずないだろ！　そんなことをしたら、一体何のために会社を辞めてこんな事業に加わったのか、分からなくなる」

「でも、信じられない。毎日、毎日、卵を何百個も捨てているなんて」

「最初は仕方がないんだよ」

そういう段取りも、理解できないわけではなかった。初期には採算が合わなくても、経済的に守るべきものがあるのだろう。きっとそれが、商品の信用に結びついていくのかもしれない。

けれど「生あるもの」、よりによって卵が捨てられている現実を見ると、胸が痛かった。小さな命を握りつぶすことにほかならない。

何も知らずに歩き回る鶏たちを振り返る。捨てるために卵を産ませられているようで、あわれでならない。このまま鶏舎に戻らないで、外でひなを育てられればいいのに。

恵子の嘆きをよそに、夫が次の処置に出た。バケツの中から卵を取り出すと、穴に放り入れた。くしゃり。産みたての卵が、穴の底で最期の声を上げた。

「おもしょろい！」

千尋がはしゃぎ立った。

父親の手伝いをするつもりで、小さな手に取った卵を穴に投げ入れる。

くしゃり。くしゃり。くしゃり。くしゃり――。

恵子は吐き気を抑えられずに、その場を走り去った。


月曜の夜は当直だった。

基本的に二週に三回の頻度で回ってくる当直勤務は、新生児科の医師にとって神経と体力をすり減らす時間だ。しかも、恵子の体調は万全ではなかった。

「……ＮＩＣＵはキャパいっぱいの十二人、回復期病床は二十五人で、余裕は三床です」

看護師のシフトが「準夜」から「深夜勤務」に切り替わる午後十一時、恵子はその夜をともに過ごす同年輩の看護リーダーが行う報告を聞きながら、受け入れ側の態勢を再度確認した。二人の周りを若手の看護師たちが取り囲む。医師は、勤務表の上では恵子一人だ。ただ、勉強のために後輩が二名、自主的に残っている。

ピッ、ピーピーピー……。

「五番ベッド、大竹《おおたけ》ちゃんです」

「急いで」

簡単な打ち合わせの間にも、アラームが頻繁に鳴る。その都度、恵子と看護師が保育器の傍らに回り込んで人工呼吸器を調整し、血中酸素濃度を示すモニターを監視しながら赤ちゃんたちの呼吸を安定させる。

ごく当たり前の事実だが、新生児は自分でナースコールを押すことができない。

ここで眠る赤ちゃんたちは、病気や低体重で生きる力に乏しい。医師と看護師が文字通り二十四時間チェックしていないと、一瞬の状態変化を見落としてしまう危険がある。その処置を間違えると、結果は致命的だ。

リスクが高く激務が当たり前の産科医と小児科医は、人数の確保が難しい。

「安蘭先生、呼吸落ち着きました……」

「よかった。モニターの監視、続けてね」

出産年齢の高齢化や出産時の救命率が向上する陰で、ＮＩＣＵでの治療が必要な赤ちゃんの数も大きく増えている。不慣れな医師に、ここは任せられない。必然的に、新生児科医の当直回数が多くなる。

体にいいわけがない――。

七月に医学部時代の友人三人に会ったとき、皆が昔の体形を維持していたことに驚いた。太っていたのは自分だけだった。当直の連続と過重なストレス、不規則な食事のツケを自分だけが負っている。だが、忙しい上にダイエットなどすれば体を壊してしまう。風邪はなかなか抜けず、喉の痛みがある。

日付が変わろうという時間帯だった。新生児科に急患受け入れの要請が飛び込んできた。

「救急隊から新生児の入院要請ですが……」

若い看護師が、当然断るだろうという調子で恵子に尋ねる。

「受け入れるから、代わって」

苦いつばを飲みこみ、恵子が看護師から電話をもぎ取った。

「生後五日の男児、体重七百グラム。ＰＤＡ——動脈管開存症の疑い。他院にて入院加療中でしたが、容態悪化。受けてもらえますか？」

同業者からのヘルプ要請だった。一般的な治療がうまくいかなくなった赤ちゃん、つまりその患者は、生命の危険が極限に高いケースが多い。

壁のホワイトボードを見る。ベッドの番号と患者名が書かれており、すべての欄に名前が記入されていた。看護師も、満床を示すボードを見つめている。だが、恵子は答えた。

「受け入れます。到着予定時刻は？」

満床を理由に拒否はできない。ＮＩＣＵは、どの母子にとっても「最後の砦《とりで》」だとの意識が恵子にはあった。

「先生、でもベッドが……」

「調整しましょう」

看護リーダーとともにＮＩＣＵの保育器を一つ一つ急ぎ足で回る。赤ちゃんたちの入院日や病状をカルテと突き合わせながら再チェックする。みな、消え入りそうな命を懸命に燃やし続けている子供たちだ。

再チェックの目的はシンプルだ。

この子たちの中で、誰が一番安定しているか？　誰をＮＩＣＵから卒業させられるか？　誰が一番強いか？　それを見極めることだった。

「小暮ちゃん、ね」

「えっ先生、大丈夫でしょうか？」

小暮ちゃんのケアをしていた若い看護師が、驚きの目で恵子を振り返った。

「すぐに回復期病床へ回して」

「でも……」

「今すぐ。一刻も早い処置が必要な子が来るのよ」

真新しいナースキャップは、なおも動かない。

ＮＩＣＵは、多くの病院で満床状態が続いている。それでも、さらに重篤な赤ちゃんを日々受け入れざるを得ない。

「待機児童なんて、ここじゃ言ってられないでしょ」

千尋が認可保育園に落ちても死ぬわけではない。だが、ここに入れなければ命に関わる赤ちゃんがいるのだ。

やはり二人の幼子を抱える看護リーダーが後を引き取った。

「さ、みんな動いて！　小暮ちゃんの後方移送と、急患受け入れの準備ね！」

「はい！」

若い看護師を含めて全員が動き出した。

本来ならまだここで治療するのが望ましいと思われる赤ちゃんを、より後方の病床に移すことでＮＩＣＵのスペースを確保する。日星医療センターのみならず、新生児科を抱える病院の多くでこんなふうにやりくりをしているのが現実だ。

より多くの小さな命を救うためには、やむを得ない処置だった。

ほどなくしてＮＩＣＵのドアが開き、ぐったりした状態の男の赤ちゃんが運び込まれてきた。搬送元の小児科医も付き添っている。赤ちゃんは全身が紫色で、腹部が腫れ上がっている。恵子は一目で重篤な状況を理解した。

「ＰＤＡを疑い投薬治療を開始しましたが、それによる消化器管穿孔《せんこう》が疑われます」

主治医がレントゲン写真を恵子に示し、カルテを渡す。

胎児には、大動脈と肺動脈をつなぐ動脈管がある。出産後、この管は自然に閉じるが、まれに塞がらないケースがある。心臓から出た血液が、大動脈管を通って再び心臓に戻ってしまう疾患だ。新生児の先天性疾患で最も多いとされる病気で、とりわけ早産児によく見られることが報告されている。

手術でなく投薬治療を行うことが多いものの、治療薬のインドメタシンによる副作用として大腸に穴が開く危険も知られている。この患児もその可能性が高いと思われた。腸管穿孔の手術と腹部洗浄が必要だ。

「すぐにエコーを。それに小児外科をコールして」

恵子は、手のひらに乗るほどの赤ちゃんの下腹部を超音波診断装置《エコー》で見ながら注射針で吸引する。大腸から漏れ出た茶褐色の便が引けるはずだった。だが、注射筒の中の混濁液は、暗赤色《あんせきしよく》がかっていた。腹部を膨らませていたのは血液だった。思った以上の出血だ。

「先生、血圧が低下してます！」

赤ちゃんの腸管に穴が開いたとき、腸の大きな血管も切れたに違いない。

「生食《せいしょく》、それから輸血開始！」

赤ちゃんの顔が徐々に白くなる。危険な状態であることは誰の目にも明らかだった。

輸血を続ける。だが、出血はなかなか止まらない。

「先生、どうします……」

若手の医師が聞いてくる。心拍のモニターからアラームが鳴り続けていた。慣れているはずのＮＩＣＵの蒸し暑さが突然強く感じられ、恵子は目まいを覚えた。

「とにかく輸血を！」

血圧を維持するためにも、輸血を続けるしかない。

「先生、呼吸も安定しません」

「酸素上げて！」

恵子は無我夢中で治療を続けた。大量に輸血し、強心剤も開始する。喉の痛みが我慢の限界に達したと恵子が感じたころ、赤ちゃんの出血が止まり始めた。

「止まった！」

時計を見る。処置を開始してから三時間以上が経過していた。赤ちゃんの全身の血液が入れ替わるほどの輸血だった。だが、これでやっと手術ができる。恵子は救われた思いだった。

すでに小児外科医は待機していてくれた。

赤ちゃんを手術室に運び、大腸の穴を塞ぐのだ。恵子もオペに立ち会う。開腹し、腸に長さ五ミリの穴が開いているのをモニターで認める。腸管部の両端が切除され、健康な腸がつなぎ合わされた。

手術は無事に終了した。消化管穿孔の治療に耐え抜いた赤ちゃんは、ＮＩＣＵの保育器でかろうじて命をつないでいる。引き続き、動脈管開存症の治療を受ける予定だ。

日星医療センターのＮＩＣＵは、今日も満床だった。

恵子が、宿直用の仮眠室に入ったときには、午前三時を回っていた。喉の痛みはなおも続いている。

ベッドに横になる前にバッグを開けた。このところ、一人で深夜を迎えるたびに身についた習慣だ。

アルミホイルの包みを取り出した。中にはゆで卵が一つ入っている。殻をむいて静かに食べた。深夜の空腹感がほんの少し満たされた。

恵子は、再びバッグの中を探る。そして、ごとりと音を立て、ファームの瓶詰をサイドテーブルの上に置いた。

あんずジャムとマーマレード。

最初にあんずジャムの蓋を開け、持参したスプーンですくい、口に含む。透明な果実の甘みが、痛んだ喉を通り、胃の中に染み入る。口の中の苦みが一瞬で消し去られ、恵子は心から癒やされる気分にひたれる。二口目、三口目と運んでしまう。

悪癖であることは分かっている。だけど、やめられなかった。今晩も、おそらく二瓶を空にしてしまうだろう。

何よりも、目の前の疲れを取ることの方が、今の自分には大切だ。それに、心地よい眠りのためにも必要なのだ。そんな言い訳をしながら、恵子は夫が毎日のようにファームから持ち帰る卵と瓶詰を自らの体で受け入れていた。こうしている限り、これらは決して「穴」に捨てられてしまうことがない。

——いつもと違う目覚ましの音が鳴っている。うるさい。

いや違う、当直用のPHSだ。そうだ、今日も当直だったと気づく。

あわててPHSを手に取った。だが、するりと枕元に落ちる。また、だ。

両手にまったく力が入らない。

足もだった。手足から力が抜けている。一体自分はどうしたのだ。

壁の時計を見上げると、針は五時半を過ぎていた。

　ＰＨＳで呼ばれている。早朝、ＮＩＣＵの新生児に何かが起きたのだ。

　どの子だろう？　緊急搬入された動脈管開存症の赤ちゃんは術後、極めて安定していた。八百七十グラムの子も問題はなかった。千二百グラムの女児も順調だったはずだ。

　頭の中でＮＩＣＵの患児をぐるぐると思い浮かべた。何とか指に力を込めて、ＰＨＳの受信ボタンを押す。けたたましい音が止まると同時に、看護師の声が耳に飛び込んできた。

「先生！　安蘭先生！　すぐに来てください」

　極度に緊迫している。

「誰？　どうした」

「小暮ちゃんです！　呼吸が止まって……」

　深夜、ＮＩＣＵで眠る新生児たちの中で、最も状態が安定していたため、回復期病床へ回したあの患児だった。

「ごめん、すぐ行く」

　声がかすれていた。

　起き上がろうとするが、なかなか体を支えることができなかった。

　布団が異常に重い。ベッドから転がりながら床に落ち、布団の重量から脱出する。それでも、恵子は立ち上がれなかった。

床を這いながら、仮眠室の入り口までたどり着く。ドア横の書棚に手をかけて、やっとドアノブまで手が届いた。

ふわふわした感覚で、うまくノブを回せない。

赤ちゃんが待っているのに、命が危ないというのに――。

失われてしまった力を懸命に振り絞る。その拍子にノブが回り、ドアが開いた。廊下に体半分を出したところで力が尽きた。

通りかかった看護師の悲鳴が聞こえる。

「私は、大丈夫……。悪いけど、車椅子を用意して。新生児科に行かないと」

看護師が数名現れ、恵子はストレッチャーに乗せられた。

「安蘭先生、ここがどこだか分かりますか？」

「分かるも何も、私、行かないと。呼ばれてるの」

「安蘭先生、救急科に行きます」

「違う、救急科じゃなくて新生児科へ！　私は大丈夫だから」

恵子は繰り返して訴え、ようやく新生児科病棟に到着した。看護師二人の肩を借りて、NICUに隣り合う回復期病床に入った。

「安蘭先生！　大丈夫ですか？」

恵子の姿を見て、新生児科の看護師が驚いた声を出した。

「それより、小暮ちゃんは？」

「別の先生に対応してもらっています」

ＮＩＣＵから、十分な時間を置かずに回復期病床へ回した責任は自分にある。しかも、自分の体調不良でその子を命の危険にさらしている。何ということに――。恵子は申し訳なさでいっぱいだった。

ベッドに横たわる小暮ちゃんは、看護師たちに囲まれて心臓マッサージを受けていた。左右の乳頭を結んだ線より少しお腹に近い側。そこを指二本で圧迫する。マッサージを三十回続けて、人工呼吸でつなぐ。反応を確かめ、何度も繰り返す――教科書通りだ。

恵子はまだ手に力が入らない。目の前の処置をただ見つめながら、祈るような思いだった。

けぽり。

小暮ちゃんの口から、小さな音が漏れ出た。

その直後、拍動が復活した。気道に詰まったわずかな量のミルクが流れ出て、小暮ちゃんは命を取りとめた。

「戻りました！　小暮ちゃん、戻りました！」

「よかった……」

肩を支えてくれていた看護師の足がもつれ、恵子は隣のベッドの脇へ大きくよろめいた。

病床の騒ぎにも気づかず、別の赤ちゃんが安らかに眠っている。平和だった。

いや。その枕元には、あってはならない物があった。

哺乳瓶だ。タオルケットに瓶を立てかけて斜め下を向かせ、新生児に吸い口をくわえさせている。

「一人飲み、させてたのね……」

恵子は低い声を絞り出した。

「小暮ちゃんも、そうだったの？」

回復期病床にいた看護師全員が押し黙った。

「ミルクが気管に流れ込んで誤嚥《ごえん》した。だから、呼吸が停止したんでしょ！」

本来ならミルクは赤ちゃんを優しく抱っこして飲ませなければならない。だが人員配置に余裕がないと、やりくりが厳しくなる。

抱いて授乳させる。そうした当たり前のことすらできない医療施設が多くなり、「一人飲み」「一人ミルク」などと呼ばれる処置が横行してトラブルの頻発が報告されていた。

「ウチの内規で禁止されているはずでしょ！」

怒りで唇が震えた。

「安蘭先生、申し訳ありません」

看護リーダーだった。頭は下げたが、眉間に深くしわを寄せている。

「ただ先生、ＮＩＣＵと回復期病床とで、私たちナースも限界なんです。限られた人数で二十四時間のケアを維持する運用上、一部の時間帯では認めていただかないと……」

「だから事故になっても仕方がないって言うの？」

恵子も知っている。幼子を持つこの看護リーダーも知っているはずだ。健康な〇歳児を預かる街の保育所では、保育士の数を「乳児おおむね三人につき一人以上」とする国の基準があることを。それなのに、リスクの高い新生児を受け入れて満床が続くＮＩＣＵや回復期病床では、看護師一人がその数倍の患児をケアしている。

しかし、だ。命を預かる自分たちは甘えてはならない。

「責任は、あたくしに……」

リーダーの言葉を遮るように、恵子は首を振った。

「いいえ、責任は今夜の病床を統括した当直医の私に……」

そこまで言ったところで恵子は、全身の力が再び失われるのを感じた。看護師の肩から体がすり抜け、床に崩れ落ちた。

意識を取り戻したのは、ベッドの上だった。

「あれ？　私どうして……」

手を伸ばし、ナースコールを押す。しばらくして足音が聞こえてきた。

「安蘭先生、よかった！　気がつかれましたね」

見覚えのない看護師がほほえむ。名札には救急科と書かれていた。

そうだ――新生児科の回復期病床で立っていられなくなり、救急科に担ぎ込まれたのだ。血液検査や心電図、脳のコンピューター断層撮影《CT》と一連の検査を受けたことが、ぼんやり思い出された。

午前八時。あれから二時間以上が経過している。

そうだ――新生児科で、あってはならない事故が起きたのだ。赤ちゃんが病床で呼吸停止状態に陥り、危うく死にかけた。原因は「一人飲み」。それは、回復期病床の看護によるインシデントであり、新生児科の重大な過失だ。

「点滴終わりましたから、針を抜きますね」

看護師が手早く止血バンドを巻いた。恵子は、点滴から自由になった右腕を動かす。足にも力が戻っていた。体の力はすっかり回復している。そっと立ち上がり、近くのテーブルに置かれたＰＨＳを取って通話ボタンを押した。

「倉本《くらもと》先生、もう来てる？」

新生児科の秘書に電話を入れ、部長の居所を確認する。

部長室で日経新聞を読んでいた倉本は、不機嫌そうな顔で恵子を見た。いつも中面の企業情報のページと証券欄ばかりを眺めている。詳しい報告を始めようとする恵子を制し、倉本の方から口を開いた。

「あらかたは――」

倉本が、音を立てて紙面を開き直す。気勢をそがれる思いがした。

「師長に聞いたよ。ご苦労さんでした。じゃあ、そういうことで」

それだけだった。

「倉本先生、私から院内の安全管理委員会に至急リポートを提出します。それと、小暮さんのご家族に対する事情説明と謝罪ですが……」

倉本が、首を左右に振った。

「もういい」

「え……」

新聞をデスクに放り投げた。

「この件には、もう関わるな」

「どういうことでしょう？」

「ナースもぎりぎりの条件でやってるんだ。報告したって今の体制が変わるわけじゃない。すべて他言無用だ」

とっさに、強烈な違和感を覚えた。生まれたばかりの命を守る責任があるのに、この問題に口を閉ざすなど、許されるのだろうか？

やはり言うべきだ、と思った。

「私には、できません」

倉本の指示に正面から逆らう――恵子にとっては、初めてのことだった。

「……できません」

恵子はもう一度言った。

「そんなんで、君は続けていけるのか？」

倉本はこれまでの問題を指摘した。

満床にもかかわらず恵子の判断で救急患者を無理に受け入れ、問題の患児をＮＩＣＵから回復期病床へ移動させたこと、緊急呼び出しがかかったのに仮眠室からの到着が遅れたこと、同僚の看護師を現場で面罵《めんば》したこと。

続いて倉本は、恵子の太ももをつかんだ。

「な、何を！」

「把握痛は？」

「あ、ありません」

筋肉を握ったときに出る痛み、すなわち把握痛は、筋疾患を疑ったときの診察手技だった。

「君のその症状、相当深刻じゃないか。これまで隠していたようだが、そんなんで、やっていけるのか」

恵子はようやく気づいた。最も問題なのは、救急の受け入れや看護師の人数不足ではない。恵子自身の健康状態にある、と倉本は指摘しているのだ。

倉本は再び新聞を拾って恵子に背を向けた。退室せよ、の合図だった。

「申し訳ありませんでした」

恵子は倉本の背中に頭を下げ、部長室を辞去した。

病棟の渡り廊下を歩きながら、恵子は意を決していた。

——辞めよう。

事故の経過や処理の方針に反発したからではない。同僚医師やスタッフとは、衝突しながら関係を調整するのが常だ。組織や上司の考えに違和感を覚えたときは、これまでも自分で隙間を埋めるように動いてきた。ここが理想の現場ではないことも恵子は知っている。辞めよう。そう思ったのは、自分の体調を危惧したからだ。手がしびれ、足に力が入らない症状が、いつまた今日のような重要なタイミングで起きるかもしれない。ここは、母子にとって最後の砦なのだ。自分がその砦として機能しないのならば、赤ちゃんたちの命を守れないではないか。ならば自分は去るしかない——そう考えた。

朝の新生児科は、いつもと同じ忙しさに満ちていた。無言のまま恵子は共用デスクの中央に進み、電話の前に座る。手元には小暮ちゃんのカルテがあった。

「はい、小暮です」

二回目のコールで出た。母親の美穂は、いくぶん声が緊張している。NICUに我が子を預ける家族に共通するトーンだった。

「……ご報告しなければならないことがありまして」

小暮ちゃんが一時的に呼吸停止に至った事実と、その状況や経過について説明する。さらに、ミルクの飲ませ方に問題があった可能性が浮上したことを言い添えた。受話器の向こう側で、美穂が息を呑むのを感じる。

「すでに今は回復して安定しています。ご安心ください。ただ、今回のことは、私にすべて責任があります。本当に申し訳ありませんでした。何かご不明な点がありましたら、改めてご説明いたします」

「事情は分かりました。それにしましても驚きました。残念です。病院を信頼していたのに……」

美穂が病院を責めるのは当然だ。けれどそれを恐れて事実を知らせなければ、より大きな問題となる。ていねいに説明を重ね、誠意を示すのが最善策だ。同時に、院内で二度と同じ事故を起こさないように対策を取らなければならない。恵子は何度も謝罪の言葉を口にした。

長い電話を終えた。

医局へつながる階段を降りているときだ。救急科の医師と踊り場で出くわした。

「安蘭先生、いいところで会った！」

回復期病床で倒れた恵子を手当てしてくれた医師だった。血液検査のデータを手にしている。

「ほら、これですよ。カリウムが低かったんです！」

血中カリウムの濃度は、正常値が三・五から五・〇だ。それなのに、検査表に記載された数値は二・三と異常に低い。

「炎症反応もあります。喉、痛くないですか？」

いきなり正面から、喉を親指で押された。今日は手荒い診察をよく受ける日だ。

「痛っ！」

恵子は叫ぶと同時に、ある病名を思い出した。

「まさか、周期性四肢麻痺？」

「ええ、そうだと思いますよ。前にもあったんじゃないですか、同じ症状が。甲状腺ホルモンの検査を追加しておきましたから」

周期性四肢麻痺とは、低カリウム血症により突然発症する全身の筋力低下の発作だ。しばらくすると正常に戻る。低カリウム血症は、遺伝性のものと、甲状腺ホルモンの異常高値で起きるものがある。喉の痛みもあることから、恵子は後者と考えられた。

「ありがとう！」

そう言って駆け出す恵子に、背後から声がかかった。

「不養生の身で、不夜城の勤務は続きませんよ〜」

恵子は医局に戻り、すぐに医学書をめくりながらデータを見直した。

炎症反応が高い。風邪に続く喉の痛み。発熱、倦怠感、動悸。すべての症状が、亜急性甲状腺炎の症状に当てはまる。アスピリンを飲んでいたせいで、熱や痛みは抑えられていた。だから気づきにくかったのだ。

　文献を読み進める。甲状腺ホルモンが異常高値の場合、炭水化物を過剰に摂取したあとに低カリウム血症を引き起こして筋力低下の発作が出現しやすい――とある。炭水化物、つまり糖質だ。

　あんずジャムとマーマレード！　あれが、脱力発作の引き金だったのか。

　内分泌内科を受診した。

　予想通りの結果だった。亜急性甲状腺炎は二、三か月もすれば治るだろうと言われた。安堵した。自然に苦笑が漏れてきた。

　続いて胸を突き上げてきたのは、これからも自分はここでまた赤ちゃんたちのために働ける――という強い喜びだった。

　医師は、当直明けも通常勤務に就くのが常だ。だがこの日恵子は、昼過ぎに病院を出た。今日くらいは体を休めろと部長の倉本に命じられたためだ。早朝、回復期病床でやりあった例の看護リーダーが、「安蘭先生に負担がかかり過ぎている」と進言してくれたことも効いたらしい。

　午後一時、家には誰もいないはずなのに、「お帰りい」という夫の声がした。続いて千尋がバタバタと出てくる。保育園には行かなかったのだろうか。

「ママ、大丈夫?」

千尋が不安そうな顔で、恵子の足に絡まってきた。そこに夫がやって来て、「チーちゃんもママが心配だったんだよね」と千尋の背中をなでた。

「どうしたの? ファームに行かなくていいの?」

「今日は休んだ。当直中に倒れたって病院から電話が来たから、びっくりしたよ」

千尋との昼食用に買って来たという冷凍チキンライスを、夫が慣れない手つきでレンジから取り出した。ファームの卵で作った卵焼きをかぶせ、あまり形のよくない大きなオムライスができあがった。

「朝、チーちゃんと病院に行こうと支度してたら、『よくなりました』って連絡が来てね。だから今日は千尋と家で待っていることにしたんだよ」

夫は、オムライスに千尋の好きなミニトマトをたくさん添えてトレイに載せる。そして、少し照れた様子で恵子の顔に目を向けてきた。

「そうだったの。心配かけてごめんね」

恵子は足元から離れない千尋を、しゃがんで抱きしめた。

「じゃ、みんなでお昼にしよう!」

夫に促されて昼食を食べる。ところどころ破れた卵焼きは、塩味が効きすぎている。

「辛いよ……でも、おいしい」

笑ったつもりなのに、じわりと涙がこぼれそうになった。

「あのね、勤務のことで相談したいんだけど」

「うん？」

夫が口に運びかけたスプーンの手を止めた。

「私、今の新生児科で働き続けるために、もっと自分の体調を考えないとダメだって思った」

「うん」

病院からの帰り道、それだけは固く決意していた。

「辞めようかとも思ったんだけど、私が踏んばらないと。赤ちゃんとお母さんたちを泣かせるわけにはいかないから」

昼夜にかけて保育園を渡り歩くのでなく、プロのお手伝いさんに保育や家事を依頼しようと考えていること、時には実家の母に応援を頼もうと考えていること、日星医療センターの近くへ転居を検討したいと考えていること。そして何より、自分の職場で新しく生まれる小さな命を守るために、新生児科の医師と看護師の増員が必要不可欠である事実を病院側に説き続けること――。

きちんと考えたわけではなかったが、自然とそんな言葉が口から出た。

「昔から、私、頭悪かったから……」

「何を言い出すの、お医者さんが」

「ううん、そうなの。真面目だけが取り柄で、そのせいで学校の成績はよかったよ。奨学金とアルバイトで学費もなんとかなると聞いて、すすめられるままに医学部に入った。子供が好きという理由だけで小児科医になった。その場では真面目に頑張れるの。でもね、いつも力まかせに走るばかりで、もっとちゃんと周りを見て考えて、体調も管理して、穏やかな気持ちで働けるようにしなければ。病院の患者さんにも、チーちゃんにもあなたのためにも、ちゃんと優しくて頼りになる人でいたい」

夢物語のような気がした。しかしそれを口にしないと、ちっともそこへたどり着かないようにも感じた。

夫は、「そうか。うん、そうだよね」とうなずいてくれた。

「実はね、俺も今の仕事のこと、いろいろ考え直していたんだ。イライラして、八つ当たりしてごめんな。俺、ホント、ちっさい人間だわ」

夫はまた照れくさそうに笑った。

「え？」

恵子は驚いた。夫がそんなふうに考えていたとは思わなかった。

「ちょっと先取りし過ぎたというか、ね。これから新しい展開を考えようと思う」

あんなにもファームの事業展開に賭けていたのにと、恵子は少し不安な気持ちになる。

「どんなときも、くじけずにがんばりましょう～」

夫が懐かしのヒット曲をまね、節をつけて応じた。

「うん。あなたがそう決めたのなら、私も賛成」

そうなのだ。自分も夫も、人生はトライアル・アンド・エラーで進むのだ。

「デザート、買ったよ」

夫が紙包みを目の前に差し出す。開けなくても分かる、今川焼だ。

「わあ残念！　これだけは、病気が完全に治ってからじゃないとダメなのよお」

恵子は悲鳴に近い声を出した。

「あれ、そうなの？　じゃあ、チーちゃん、一緒に食べようね」

夫が包みを開け、二人は大きな口を開けてほおばり始めた。その姿を見つめる恵子の口元に、千尋が「ハイ」と食べかけの今川焼を差し出してくれた。

「チーちゃん、なんて優しいのお。ママ、それだけで幸せ～」

恵子は千尋を抱きしめる。そして、何度も何度も頬ずりをした。

十日後、小暮ちゃんの退院が決まった。五百二十五グラムで生まれた小暮ちゃんは、二千五百グラムにまで体重を増やし、すくすくと順調に育っている。もう、自宅に戻っても大丈夫だ。

クリスマスの翌日となった退院時、母親の美穂が恵子のもとを訪ねて感謝の言葉をかけてくれた。恵子が行った出産時の救命と、ＮＩＣＵでの処置と、回復期病床でのケアと、一度は秘匿された事実の開示というすべてについて。

「安蘭先生、ありがとうございました。すべてのことを先生がお話しくださったから、むしろこの病院は信頼できると思いました。できれば次の子も、こちらでお世話になりたいと思っています」

美穂は少し恥ずかしそうに目を伏せ、腕の中の赤ちゃんに笑いかけた。

「あんまり早く生まれたんで、名前も考えてなかったんですよお。で、ようやく――」

付き添いの夫が、妻と娘の脇でほほえむ。

「めぐみ、に決めました」

美穂が、静かな口調で言った。

「ひらがなです。先生のお名前からいただきました」

ありがとうとも言えず、恵子はただ、母親の腕の中で眠る元・小暮ちゃんを見つめる。ふくらみを増したその顔に、頬を寄せたい気持ちをじっと抑えながら。

◇　◇　◇

――一九九八年七月

決して頭がいい方ではない。ただ、体力と情熱には自信があった。だから、解剖学実習では、できるだけ作業を引き受けた。男子のいない班だったから、ご遺体の向きを変えて、うつ伏せにするなどの力仕事も、率先して行った。

幸いなことに、成績が学年でトップクラスの早紀が同じ班だった。早紀は解剖作業をしながら、一つ一つ血管の名前や筋肉の名称を教えてくれた。それを聞いているうちに、恵子も自然に覚えることができた。

医学部には現役合格を果たせず、一年間の浪人生活の末に何とか滑り込むことができた。しかし、一年生のときはアルバイトに追われて勉強時間が思うように確保できなかった。

結果、三科目で再試を受けるはめに陥るという思わぬ失敗をしてしまい、それは大きな屈辱でもあった。その分、二年生で取り返そうと懸命になった。

同じ班の涼子は、理系の単位をいくつか落とし、ギリギリで進級した。勉強で苦労している同士の気楽さもあってか、よく雑談をした。行動力もあり、一緒に作業するのは楽しかった。ピリピリしているときは、仁美の冗談に笑い合った。そんな何気ないつながりが、解剖学実習の時間を、そして医学部での生活を支えてくれている。

作業が遅れているときは、涼子とともに「もぐり」に行った。解剖を少しでも先に進めておくためだ。筋肉がきれいに見えるように、ピンセットで脂肪を丹念に取り除いたりする。そんな単純作業が中心で、退屈という学生もいたが、恵子はむしろ楽しかった。手と体を動かすことは、体のすべての部位の名称を記憶に刻み込む作業でもあった。

放課後、作業をしている恵子に、城之内先生はよく声をかけてくれた。初めて個人的に話しかけてくれたことは今でも覚えている。

「安蘭恵子さん――とっても印象的な名前ね。一度耳にしたら忘れない」

恵子は「ありがとうございます」とうなずく。小学生のころはアラン・ドロンの「ドロン」というあだ名が付けられ、あまり好きな名字ではなかった。「珍しい」と言われるたびに、何かしらの説明をしなければならないように感じて落ち着かず、辟易《へきえき》した。けれど、城之内先生と話をするきっかけになるのなら、悪くはないと思った。

「それにしても熱心ね。あなたを見ていると、若かったころを思い出すわ」

先生にそう言われ、ますます恵子は実習に力を注いだ。

七月に入り、全身の解剖がほぼ終了した。あとは頭部を残すのみだった。

気持ちの上では夏の到来を感じながら、空は相変わらずの雨模様が続いていた。

その日も恵子は、涼子と二人で地下の解剖学教室で作業を続けた。一区切りついたときは、午後七時を回っていた。

明日は頭頸部の実習だった。頭部を離断し、喉の奥、咽頭部の観察を恵子は楽しみにしていた。

喉の奥は実に不思議な構造だ、と思う。口から息を吸えば空気が入り、唾液を飲み込めば食道に入る。喉はどうやって区別しているのか。

食道に入るべき物質が来ると、蓋が下りてきて気管の入り口をしっかりと塞ぐというのは二次元の資料から学んだ。だが、どんなふうに蓋が下りるのだろうか。それを三次元の構造で観察し、なぜ唾液が気管に入らないのかを確かめたかった。

大学病院前にオープンしたばかりのコンビニで、おにぎりと野菜ジュースを買う。コンビニ袋の音を気にしながら、本部棟四階の図書館へ回る。図書館は二十四時間、ずっと開館している。試験前は混み合うが、今日はそれほどでもなかった。こっそり食事ができそうな席を確保した。

「あれ？」

カバンには解剖学の実習テキストが入っていなかった。うっかりして教室に置き忘れたに違いない。明日の口頭試問に備えて暗記しておかなければならず、恵子は、講義棟へ一人赴いた。

先ほどまでの雨が上がり、明るい月が姿を現していた。覚えたばかりの「夜空ノムコウ」を口ずさみながら、講義棟の階段を下りた。

解剖学教室は、まだ部屋の一部に照明がついていた。扉は開いており、そっと中へ入る。薄明かりの中、ずらりと並ぶ解剖台の間を歩く何人かの人影があった。城之内先生と、技術職員だ。技術職員はバケツを抱えていた。教室の中央で、城之内先生がバケツからいくつかの大きな塊を取り出し、バットの上に並べる。

恵子の足が椅子に触れ、思いがけないほど大きな音を立てた。

城之内先生や技術職員が一斉に恵子の方を見た。

「あの、すみません。忘れ物を取りに来ました」

恵子は自分の椅子の上に置かれたテキストを見つけ、身の潔白を示すように高く掲げる。

「あら安蘭さん、もしよかったら見る？」

城之内先生が笑顔で手招きしてくれた。

近づくと、ホルマリンの強い臭いが鼻を突いた。先生が手元の青いバケツから取り出していたのは、ホルマリンに漬けられた脳のようだ。

「明日の実習用、ですか」

「そう。脳の各部位の剖出を進めると、元の構造が分かりにくくなってしまうから」

なるほど、こんなふうに手を入れていない脳やスライス標本があれば、常に元の構造と対比することができて理解しやすい。

「安蘭さん、脳には男女差なんてないのよ」

城之内先生がそう言って、脳のスライス標本を手にした。脳の中央を水平に切って並べられている。

「これが女性の脳で、そっちにあるのが男性」

二つの脳の水平断のスライス標本を比較する。確かに、同じように見えた。

「でも確か、男女の脳には差があるとか。はっきりは覚えていないのですが……」

恵子は少し前に週刊誌で「男脳と女脳はここが違う」という記事を読んだ記憶があった。

城之内先生は、フッと笑った。

「左右の脳をつなぐ脳梁《のうりょう》でしょ。ほかには海馬《かいば》もあったわね。それからさらに、女性は脳梁が太いから言語能力が高いとか、海馬が大きいから感情が豊かで記憶力があるという学説も出たわね」

「あ、それです」

恵子は大きくうなずく。

「でも、あなたの目の前にある、この脳に性差があるように見える？　よく観察して。ここに男女それぞれ三人分あるけど、違う？　むしろ個人差の方が大きいとは思わない？」

恵子は示された標本を吟味する。城之内先生の言う通りだった。けれど今、「最新研究」と銘打って発表されている学説が誤りだというのだろうか。

「少なくとも、形態学的には男女差はない。これが私自身の結論よ」

城之内先生はきっぱりとした口調で言った。

「思い込みやステレオタイプの偏見。吐き気がするのよね。でも、私がこんなことを言ったなんていうのはナイショよ」

おどけたように城之内先生は肩をすくめた。恵子は黙ってうなずく。どちらかといえばクールな城之内先生に秘められた感情を、初めて知る思いだった。

# 第六章　解剖学教室教授——城之内泰子

「パイオニアになるのは簡単ではありません。
でもそれは、なんて魅力的なこと！」
（ブラックウェルの言葉）

――二〇一九年三月

春三月、桜にはまだ早い。学長室の大きな窓からは、きりりとした空気に包まれる東京都心がよく見えた。

中央医科大学の本部棟十八階。この部屋に案内された人は皆、窓外に広がる壮麗な眺めに声を上げる。

城之内泰子も初めてここに通されたとき、目の前の輝かしい風景に感慨を抱いた。ついにここまで来た――と。一九九六年一月、初めて教授会に出席した後、新任の教授たちとともに学長から祝福の言葉を受けたときのことだ。

二度目は翌月の二月。今度は泰子だけが呼び出され、学長から医学部入試に関する特命を告げられた。

いずれも二十年以上前のことだ。

「城之内先生、本当に長いことお疲れさまでした」

目の前に立った都築学長が、泰子にソファーを勧める。厚い革の感触を手で確かめつつ、泰子はゆっくりと腰掛けた。

「これからどうされるかは、お決めになりましたか?」

昨年就任したばかりの九代目のトップは、話題を探している様子だった。

「特に何も予定はしていません。ただ、好きな文章を書いてみるのもいいかな、とは思っております」

泰子は穏やかにほほえんだ。

「いいですなあ。どんなテーマで?」

都築はそれほど興味がなさそうに言った。

「そうですね、女性医師たちの物語、とか」

「女性医師たちの物語? それはおもしろそうだ。城之内先生が教授になられて二、三年目の事件を思い出します。ほら、解剖学実習の女子班問題ですよ。僕はあのとき、学長の補佐役として、学内のいろいろなトラブルに対応していましたから」

勢い込んで話し始めると、都築はキンキンとした声を出す。頭の芯に響く不快な感じは昔から変わらない。

「トラブル、でしたか。私は自分の講座を公正に運営するための、まっとうな行いだと思っていましたが」

泰子は苦笑する。あの事件のことは、泰子も忘れたことはなかった。

都築学長が静かに立ち上がる。

「では、そろそろ会場へ参りましょうか」

泰子も促されるまま席を立つ。もうこの部屋に来ることはない。ふと立ち止まった泰子は、反対側の窓に目をやった。

赤い東京タワーが目を引く。眼下には緑で覆われた増上寺の境内が広がり、中心に大殿本堂が鎮座する。泰子の母は、後方の大納骨堂で眠っていた。

本部棟に隣接する開学記念ホールに回ると、入り口には大きな立て看板が出されている。

「城之内泰子教授　最終講義」

ホールへ入る前に泰子は一人、大学病院の中庭に続く道を歩いた。

松葉杖をついた患者が家族とともに散歩していた。大学の建物を見上げる。右手には病棟が、左手には新しい研究棟がそびえている。

研究棟の脇に見える古い講義棟の地下が、解剖学教室のある場所だ。そこで泰子は四十年近い歳月を過ごした。あっという間だった、と思う。

バッグからスマホを取り出した。かつての教え子たちからメールが届いている。最終講義を終えたあと、あの四人にも会う約束をしていた。

記念ホールの舞台袖から客席をのぞく。

「城之内先生、すごい人数ですね。立ち見も出ていますよ」

係の女性が、上気した顔でささやいた。定員の四百人を上回る入りだという。

客席には見知った顔も多かった。大学の教授陣や事務スタッフ、それに、数多くの学生たち。解剖学実習を支えてくれた白菊会の役員たちも前列に座っている。

「ただいまより、本学解剖学教室教授、城之内泰子先生の最終講義を行います。みなさま、盛大な拍手でお迎えください」

アナウンスを受けて泰子は、上手から舞台上を進んだ。演台の脇に一つ置かれたパイプ椅子に座る。拍手が鳴り止まない。これまでの学会発表などとは異なる雰囲気だった。

都築学長が挨拶に立った。

「皆さまよくご存じのことと思いますが、城之内泰子先生は本学・中央医科大学のご出身で、本学初の女性教授であります――」

医学部に進んだのは、母のすすめが大きい。

父は市立病院の内科医で、母は専業主婦だった。

父の浮気発覚後から喧嘩が絶えなくなり、泰子が中学生のころから父は、家に帰らなくなった。それでも母は離婚しなかった。家の外で一度も働いた経験のない母が、泰子を連れて経済的に自立するというのは現実的でなかっただろう。それに加えて五十年前の日本では、世間体も決断の妨げとなった。離婚件数が今の半分以下だった昭和四十年代前半、女が離婚を選ぶのは物心両面で難しい時代だった。

どの家でも家族が集う子供の誕生日、クリスマスイブや大みそか。その夜も帰らぬ父を待ち続け、母がひそかに泣いていたのを泰子は知っていた。

泰子は医師になって、父より偉くなろうと決めた。そうすれば、父は母に謝ってくれるだろうと思った。結局、実現はしなかったのだが。

八年前に他界した母は、父の墓に入ることを拒み、泰子の職場に近い増上寺で合葬されることを希望した。

「医学部ご卒業後はいったん脳外科医となられ、その後、人体の構造と機能を解き明かす解剖学を専門とされました——」

泰子が脳外《のうげ》から基礎系に移ろうと思ったのは、長時間の手術に耐える体力的な点で劣ると自覚したことに加えて、「患者が男性の医師を希望する」という動かしがたい現実にぶち当たったことが大きい。

しかし、泰子がわずか半年で脳外科を辞めたとき、「だから女は使えない」と言われたものだ。

男性、女性にかかわらず、医師が専門の科を変えるケースはざらにある。なのに、女性医師の場合は「逃げた」だの、「無責任だ」などと言われがちだった。

多くの医師は臨床医を目指す。研究者ではなく、実際に患者を診る仕事だ。学問的色彩の濃い基礎系の講座に残る者は少数派で、学内での昇進が早いのは事実だった。生理学、解剖学、病理学、公衆衛生学など、どの基礎講座も競争相手が少ない傾向にある。

ただし、教授が若いと「次」のポストがなかなか回ってこない。逆に、後継者が育たぬうちに教授が退官してしまうと、「公募」という名の移民政策で教授の椅子が外部出身者に奪われてしまう。泰子が基礎系への転身を決めた時点で、そうした年次バランスが一番よかったのが解剖学教室だった。

医学部内で昇進を目指すという道は、誰もが一度は考えることだ。

それを実行に移すかどうか。最終的な判断は、やはりその学問への興味の大きさに尽きる。泰子にとって、何よりも講座選択の決め手となったのは、学部二年のときに受けた解剖学の授業で、人体構造の神秘に感動した経験だ。それは、今もって忘れることができないほど強烈なものだった。

「城之内先生が解剖学教室の教授に就任されましたのは、四十一歳のときです。繰り返しになりますが、本学で初の女性教授の誕生でもありました——」

確か、このころだったか。泰子が「学長の女である」という根も葉もないうわさが飛び交ったのは。前任の解剖学教授か誰かが言いふらしたようだ。教授を定年の一年前に辞める事態になったのがよほど悔しかったのだろう。体調不良とされていたが、実は飲み会の席で失言し、当時の学長の逆鱗《げきりん》に触れたせいだとも聞いている。

泰子が教授になるにあたり、ほかの教授たちからはさほど強い反発はなかった。

だがそれは、当時提唱され始めたばかりの「男女共同参画型社会」にふさわしい新たな教授会を目指そうという機運の表れでも、他大学のトレンドを追いかけようとしたものでもなかった。単に泰子は男性教授が決まるまでのショート・リリーフで、短命であると思われていた。中には、「基礎系の科目だから女でもいいか」と言う者もいた。前任の解剖学教授に人望がなかったという点もプラスに働いたかもしれない。

「解剖学教室の運営に際しましては、このあとご登壇いただく白菊会の皆さまの絶大なご支援があったと聞いております――」

一九七〇年代半ばに開学した中央医科大学は、解剖実習用の献体を確保することに苦労した。都内には長い伝統のある医学部が複数存在したからだ。開学から約二十年間、中央医科大学は十分な数の「教材」が手に入らない状態が続いていた。

「城之内先生は、また、進取の気性に富む大学人でありました――」

教授になった泰子は、大学の献体団体として名ばかりの集まりだった白菊会の活動にテコ入れをした。白菊会の会員向け医療講演会や健康相談、体操教室、親睦旅行といった新企画を次々とスタートさせ、会員の拡大に努めた。一人一人の会員は、実習用の「ご遺体」となる貴重な存在だ。そうやって泰子は献体希望者を次々に獲得した。他の大学では、一つのご遺体に六人も八人も学生がつくところ、中央医科大学では四人に一体という恵まれた環境を早々と確立した。

組織力を増した白菊会の支持をバックに、いつしか解剖学教室のみならず大学内での泰子の立場は強くなっていった。それに対し、「死体を出世の道具に使っている」と揶揄《やゆ》する者もいたが、泰子は無視し、必死で献体集めを続けた。すべて、学生のためだ。結果、大学は泰子を教授から外すことができなくなった。

「……このように学際的な活動をされた城之内先生が定年を迎えられ、本学を去られます。

しかし、定年後も引き続き我々をお支えくださると信じております。長年にわたる先生のご貢献に心から感謝しつつ、最終講義を聞かせていただきたいと思います」

拍手の波に身を包まれ、泰子は舞台上で深く頭を下げた。

次に白菊会会長の長尾聡太郎《ながおそうたろう》氏による挨拶が続く。前の都議会議長でもあった。

「城之内先生は中央医科大学白菊会にとって、なくてはならない存在でありました」

かっぷくのいい長尾会長とは、持ちつ持たれつの関係だった。白菊会の入会者総数は約二千五百人にもなる。長尾会長は、あらゆる機会をとらえて中央医科大学への献体登録の呼びかけをしてくれた。そうやって白菊会は裾野を拡げ、その会員名簿は家族の連絡先とともに長尾後援会へも渡り、氏の政治生命を裏から支え続けた。

「城之内先生は、いわば白菊会のマドンナでありまして——」

長尾会長と関係を持っているとうわさされた時期もあった。好奇心をくすぐる話は尾ひれが付いてすぐに広まる。「女が一人で何かを成し遂げられるはずがない」と信じ込まれていた遠い時代を改めて思い起こす。

「城之内先生が、解剖学実習を通じて、数多くの医学生を立派に育て上げたことは言うまでもありません。過去二十四年間で、城之内教授によって育てられた学生の総数は三千人近くにのぼります。彼らは皆、患者に信頼される医師として社会に貢献しています——」

長尾会長の挨拶はさらに自らの政治活動の成果へと続き、ようやく終わった。拍手が起きて、長尾会長が一礼する。それからゆっくり降壇した。

「お待たせいたしました。それではお待ちかねの最終講義に移らせていただきます。城之内泰子先生、よろしくお願いいたします」

司会の紹介とともに、場内にひときわ大きな拍手が鳴り響く。

泰子は椅子から立ち上がり、演台の前に進み出た。

「人体解剖の歴史は、古代ギリシャにまでさかのぼります。ヒポクラテスとその周辺の医師たちの手になるものとされる『ヒポクラテス集典』には、すでに人体の器官や部位に関する記述が残されています。スライドお願いします――」

泰子は解剖学の歴史からひもとく。

「こうした先人による解剖学上の膨大な研究成果に加え、近年は技術進歩によって、ゲノミクスやプロテオミクス、すなわち遺伝子やタンパク質などに関わる知見が蓄積され、人体の各器官やその構成要素である組織、さらに小さな単位である細胞、その要素である分子、といったミクロの世界へのアプローチも盛んに行われています。では、マクロ解剖学は、もう過去の学問なのでしょうか？」

会場が、さっと静かになる。解剖学が不要の学問かと、自らを否定する疑問を投げかけたからだ。あるいはこの静けさは、消滅する学問と考える者が少なくはないという証左だろう。

泰子はにっこりと笑った。

「ミクロの研究が進む一方で、マクロ解剖を学ぶための技術も進みました。次にご覧に入れるスライドは、最新のデジタル映像技術で作った人体構造の３Ｄ画像です」

舞台上に映し出された人体図から、肌の色が消え、骨格と内臓が立体的に浮かび上がる。直後にスクリーンは、高精細の顕微鏡による動画へと切り替わった。カメラは血液に乗って三次元の臓器から臓器へと、ものすごいスピードで進んで行く。いにしえの名画「ミクロの決死圏」を超リアルに再現した映像のように見えるはずだ。

会場がどよめいた。「解剖学などというものは、十年一日の基礎学問だろう」と思っている人たちの鼻を明かし、泰子は爽快な気分になる。

「ご覧のように、人体を自由自在に回転させたり透視したりすることが可能となり、まるで目の前で解剖が行われているかのように動かせます。切断や加工も可能で、このように手術のシミュレーションやイメージトレーニングができ……」

泰子が壇上で電気メスに見立てたスティックを動かした途端、グラフィックスとして映し出された肝臓に小さな切れ目が入った。泰子の手の動きに応じて、切開部分が広がる。

さらに切り進めていくと、組織の断面から、入り組んだ静脈、毛細血管、癌細胞が次々とスクリーンの上に現れた。場内には、いつの間にか静かな拍手が湧き起こっていた。

解剖学の教授になってからも、安穏としていたわけではなかった。

こうやって解剖学の授業を進化させ、数々の学会発表をこなしてきた。白菊会の会員向けに始めた医療講演会がきっかけとなり、解剖学以外の学問分野にも目が広がり、学際的、いや雑学的な著書の刊行やメディアへの出演も増えた。それが結果的には、さまざまな人たちとのネットワークを広げてくれ、学内での足場を築けたのだと思う。

与えられた六十分の講演時間はあっという間に過ぎた。

「——ご覧いただいたようなデジタル技術により、マクロ解剖学の学習環境は飛躍的な改善を見ております。ただ、改めて思いますのは、解剖学実習の場でしか学べないものがある、ということです。ご遺体は、単に人体の構造を教えてくださるだけでなく、生命の神秘や人間の可能性までも見せてくれる存在です。よりよき医師の育成を支えるため、今後も皆さまにご関心を寄せていただくことができましたら、本当にうれしく思います」

医療を支える後進の者に向け、泰子は、どうしても届けたいメッセージがあった。

「昨年八月に発覚した医学部の不正入試問題を機に、医学部や医療界のあり方がさまざまに議論されるようになりました。余談になりますが、かつてヒトの脳は、形態学的に男女差がある——と考えられていた時期があります。それがあたかも、男女の能力差の根拠であるかのように吹聴されてしまいました。ところが二〇一五年、イギリスの医科大学による六千例のメタ解析で、『脳の性差は存在しない』という研究成果が発表されました。もちろん、脳梁の太さや海馬の大きさも含めてです。つまり人間の脳には、男性脳も女性脳もないというのが解剖学の最新の知見なのです」

会場のあちこちからざわめく声が聞こえた。泰子は目の前の水差しから水をグラスに入れて一口飲む。静けさが戻ると、泰子は再びマイクに向かった。

「話を戻します。私が申し上げたいのは一つ。男性医師も女性医師も、ともに患者のために身を捧げる同志なのだという事実です。医学部受験の最前線で、現在もなお不正入試の余波が続く中で、医学界の未来を切り開いていくのは、若手医師の諸君であり、中堅ドクターのあなたたち、ベテラン先生の皆さんにほかなりません。手を携えて歩んでいってください。Medical Boys, please be honest. And my dear Girls, you should be brave! 男性医師たちよ、どうぞ偽りなく誠実に。そして親愛なる女性医師たちよ、勇敢であれ！」

締めくくりの言葉を、泰子はゆっくりと運ぶ。

「人の死から学び、生を考える。医師の一人として、そして解剖学を専門にした学徒の一人として、このように大勢の皆さんを前にお話しする機会を頂きましたことを感謝いたします。ご清聴、誠にありがとうございました」

拍手が長く続いた。泰子はほほえみ、深く一礼した。

最終講義を終え、たくさんの人に囲まれた。だが一通りの挨拶が済むと、あとは大学に残る者同士が集まって話を始める。「約束がありますので」と、泰子はそっと会場を後にした。

開学記念ホールから講義棟の地下へ降りる。がらんとした解剖学教室を通り過ぎ、教授控え室の扉を開けた。すでに私物の片付けは済んでおり、机や作業テーブルの上には何もない。だが目を閉じれば、長年にわたって使い続けたペン立てや卓上時計の秒針の動き、ティーカップの手触りまでもがありありと思い出される。

解剖学実習の献体が不足している――それは過去の話になった。中央医科大学も今や、十分すぎるほどの献体を確保している。それどころか、献体登録の申し込みそのものを一時中止しているほどだ。「どうして献体を受け付けてくれないのだ」というクレームが白菊会に寄せられるとも聞く。

そうした状況は、長年にわたる大学医学部や献体団体の取り組みが広く理解されるようになった成果だ。もちろんそればかりではなく、死、葬儀、墓、遺骨などに関する日本人の死生観が変化した背景もあるだろう。ご遺体を確保するために奔走した日々を泰子は懐かしく思い出す。

時計を見ると、午後三時少し前になっていた。間もなく四人と交わした約束の時間だ。

複数の足音とともに、ノックの音がした。

「どうぞ」

万感の思いを込めて返事をする。これまで何人もの学生を迎え入れてきたように。

ドアが開けられる。そこに、あの四人が立っていた。

それぞれの顔は、はっきりと記憶に残っている。解剖学実習を受講したときは二十代になりたてだった女子学生たちが、あのころの面影を残したまま、当時の自分と同じ年代になって目の前にいる。

去年の八月、東都医科大学で医学部の不正入試問題が発覚した際に記者の訪問を受けた。その際、女性医師の現状をより深く知りたいという記者の求めに応じて、泰子はこの四人の名前を紹介したのだった。

長谷川仁美は母校・中央医科大学に残り、オペの腕では学内有数の眼科医として活躍していた。だが、昨年秋には医局を離れ、現在は実家の眼科診療所を継いだという。

坂東早紀も中央医科大学の極めて優秀な循環器内科医だった。けれどワークライフバランスを重視して大学病院を早々に辞め、今は健康診断医をしている。

椎名涼子は東京臨海部を支える蒲田記念病院で救急医をしていたが、今はエスコート・ドクターのミッションにもついていると聞いた。

安蘭恵子は都内でも有数の患者数を誇る日星医療センターの新生児科医として、NICUを統括する立場にあるという。

——これらの情報は、大日新聞の原口記者からも報告を受けていた。

「城之内先生、すっかりご無沙汰しておりました」

「最終講義を聴講させていただきました。素晴らしかったです！」

「感動しました。特に女性医師たちよ、勇敢であれという言葉に」

「私も、です。本当に、長らくお疲れ様でした」

四人は口々に言葉を発した。泰子の顔を見つめ、そろって頭を下げる。いずれも少し涙ぐんでいた。それに気づいた泰子は四人の肩をたたいた。

「ほらほら、堅苦しくならないで。みんな、立派になったじゃない。ご活躍は聞いてますよ」

四人は相好を崩す。

「城之内先生……」

泰子が手を差し出すと、四人は次々と手を重ねてきた。

「苦労してきたでしょ。でも、どんな道を歩んだにせよ、間違った選択なんてない。自分を信じてあげましょうね」

仁美が突然、すすり泣きを始めた。涼子や恵子の目も赤くなっている。クールな表情をしていた早紀も下を向いて肩を震わせた。

「もう一度言うわね。優秀な成績を収めたあなたたちが真剣に選んだ道なんですから、大切に。たとえ理不尽な障害があってもくじけずに、毅然として進めばいいのよ」

四人は何度もうなずいた。

「ひとつ特別講義をしましょう」

泰子は作業テーブルの前から丸椅子を引き寄せて腰を下ろした。それを取り囲むように四人が座る。

「今日のテーマは、愛人問題」

涼子が噴き出した。

「城之内先生の、ですか？」

泰子はにっこりと笑みを返す。

「あなたたちを受け持ったとき、私は教授になって三年目だった。学長の愛人だったから教授になれたと言われていたの。知らない？」

目の前には、四十歳代になったばかりの女性医師が並ぶ。泰子は四人を眺めながら、当時の自分はこんなに若かったのかと感慨にふける。だから愛人疑惑が生まれたのかもしれない。

「そういえば、聞いたことがあります」

早紀がうつむきがちに言った。

「それだけじゃなかった。数えきれないほどの石つぶてが飛んできたわね」

「どんなことでしょう？」

恵子が尋ねる。

「まずはタナボタ説。前の教授が運よく失脚したからだと」

「ああ……」と恵子の口から声が漏れた。

「ひどい！　助教授だった城之内先生が教授になるのは自然なのに」

早紀が憤慨する。泰子が「まあまあ」と抑えるように手のひらを下に向けた。

「でも、長くは続かないと誰もが思っていた。すぐに別の大学から男性教授が連れて来られると。私はそれまでのつなぎ、ショート・リリーフと言われたわ」

「『ちゃんとした男の教授が来るまでだよ』って、当時の男子学生が言ってたのを覚えています」

涼子が腹立たし気に言った。

「すっごくむかついたこと、忘れられません」

泰子がほほえむ。

「それからね、死体を利用して教授の席を勝ち取った、なんて言う人もいたわね。献体の運営がうまくいったことを揶揄して」

「そんな言い方、ひどすぎる……」

「だから、学長の愛人説が出たときも笑っちゃったわ。もちろん嘘よ。私はやっかまれているだけだから仕方がないと割り切れるけれど、結婚されていた学長には申し訳なくてね。『無視すればいい』と笑ってくださったけれど」

誰もが言葉を発せなかった。早紀が「それって……」と、絞り出すような声になる。

「それってすべて偏見の産物ですよね。女には教授になる能力があるはずはない、それなのに教授になれたのは何か裏があるに違いない、きっと学長の愛人なのだ。エトセトラ、エトセトラ。大学も生き残りをかけているから、たとえいたとしても学長の愛人を人事で厚遇する余裕なんてないはずなのに。昔々の、ひどい現実と偏見」

一瞬の間があった。

「今はどう？　あなたたちが働く場は、二十年前と比べて変わったかしら？」

四人からは明確な答えが返ってこない。泰子は四人の顔を見比べるようにして尋ねた。

「長谷川仁美さんに坂東早紀さん、椎名涼子さん、そして安蘭恵子さん。理不尽な現実があるとしても、負けちゃだめよ。止まったら負け。泣いていたって何も変わらない。あなたたち一人一人が、自分の目指す道をひたすら歩んでいくしかない」

そこまで言って泰子は、二十年前に話題になったあるニュースを口にした。女性医師を巡る、当時の明るい話題だ。

「あなたたち、宇宙短歌って覚えているかしら？」

唐突とも言える問いかけに、四人は顔を見合わせる。ワンテンポ遅れて、涼子が気づいた。

「向井千秋さんですね！」

早紀も思い出したようだ。

「上の句は、『宙返り　何度もできる　無重力』。向井さんが宇宙から呼びかけて下の句を募集したんですよね」

泰子はにっこりと笑う。

「その上の句が導いてくれる自由をかみしめてほしい。私は、医学部卒業と同時に脳外科に入局したけれど、方向転換を決意して基礎医学へ転じた。臨床から逃げ出した、なんて蔑む人もいたわよ。でも、そうじゃない。真剣に自分の道を考えた結果だった……」

「向井さん自身も、心臓外科医から宇宙飛行士への転身でしたものね」

「つまり、誰もが、何度でも宙返りできる、と」

恵子と早紀が同時に言った。

四人の目が急に輝き始める。学生時代と同じだ。自分はこれを見たかったのだという思いが泰子の心を強くする。

「その通りよ。あなたたちがいる場所で、どんな医師がいればいいのか。それは自分で見つけていくしかない。そのとき思い返してほしいの。患者の役に立つ人が医師なのだ、ということを」

泰子は静かに席を立つ。

教授控え室の片隅にある古びた骨標本が目に留まった。元学生たちは覚えているだろうか。

「あれ、知ってる？」

「はい、初代解剖学教授の一ノ瀬《いちのせ》先生です」

四人がほぼ同時にその名前を正確に答える。やはりこの四人を一つのグループにして正解だった。

「私も本学の白菊会に献体登録しているの。最後の最後は、骨標本にしてもらおうかしら。そうすれば男女がそろうから、いい勉強になると思うのよ――」

なごやかな時間が過ぎた。四人は満ち足りた笑みを浮かべる。

「特別講義はこれで終わり」

そこで泰子は大きく息を吸った。

「実は、あなたたちに謝らなければならないことがあります」

声が震え、思った以上に口調が変わった。けれど、四人は穏やかな笑顔のままだ。

「なぜあなたたちを一つの班にしたか――いえ、なぜあなたたちの班をそのまま残したか、ということについての話です」

四人が訝しそうな視線を向けてくる。

「それは私たちの成績順で、偶然だったんですよね」

早紀が、いまさらといった顔になる。

「ええ、そう。まったくの偶然でした。そして、その偶然の巡り合わせに操作を加える指示を私は拒否しました。なぜなら……」

泰子がここで「事実」を明かすことで、彼女たちの表情が怒りに変わり、あるいは蔑みを浮かべるかもしれない。そう思うと、これまでは決して口にできなかった。けれど、今日は言わなくてはならない。

「私は、以前にも、あなたたちの成績を操作したことがあった。だから同じことは、もう決してしてはならない——そう固く誓ったのです」

「解剖実習の班分けの以前に、ですか？」

仁美がほんの少しだけ首をかしげた。

泰子は深くうなずき、端的な事実を四人の元教え子たちに伝えた。

「平成八年度、一九九六年二月に実施した中央医科大学医学部の入学試験で、私はあなたたち四人の得点を操作し、不合格にしたのです」

◇　◇　◇

一九九六年二月中旬、教授に昇進した翌月のことだ。泰子は学長室で大学トップと一対一で向き合っていた。

「やあ、忙しい中に悪かったね」

泰子を呼び出した本人は、ソファーテーブルの上に大判の封筒をぽんと置いた。普段見慣れた大学の茶封筒ではない。全体が紫色で下部に入試課の部署名が刷り込まれている。

「城之内君、端的に言いましょう。ここに受験生十八名の入学志願書があります。彼らは先日行われた本学入試の筆記と面接の合計スコアで、まったくの同点となった。君にはね、それぞれの入学志願書を読み直して、十八人の中から十三人を落としてほしい。入試課に残す記録上は、十三人の得点から各十点を差し引いたスコアを最終的な合計点数とし、不合格にする。これもまあ、教授の仕事だ。他言無用の特命扱いで頼めるね？」

泰子は、学長からの突然の指名と「特命」という言葉に手が震えた。

中央医科大学医学部の入学試験は、一次試験で英語、数学、理科二科目を課し、二次試験で面接を行っている。受験案内の中では、「合否は一次試験と二次試験の合計点数による」と明記してある。すなわち、入学志願書を合否の判断材料に使うのは本来、ルール違反であった。「他言無用」という言葉から、そうしたニュアンスは泰子にも察せられた。

「……拝見します」

しかし、だ。新米教授が学長の指示に従わないわけにはいかない。泰子は震える手で封筒から受験生の志願書を取り出した。

安蘭恵子、井上安奈《いのうえあんな》、柿沢真由子《かきざわまゆこ》――。

Ａ４判上質紙の左上に顔写真が貼られ、受験生の氏名や住所、出身校や家族の状況などが記されている。

泰子は志願書を繰るスピードを速めた。

正岡《まさおか》しほり、吉田郁美《よしだいくみ》、渡部晴佳《わたべはるか》――。

男子はいない。十八人すべてが女子学生だった。

「学長、これ、女子ばかりですけど……」

学長は急に眉をひそめるような顔をして、卓上の灰皿を引き寄せた。まだ、医師の中にも喫煙者がいた時代だった。

「その中の十三人を落とし、代わりに下位の男子受験生十三人を合格へ引き上げる」

「女子を落として男子を……？」

「誤解してもらっちゃ困るよ、城之内君。我が国の将来の医療を担う、男女のバランスを保つための措置だよ。この調整を経て四月入学の学生は、男子九十三名、女子十九名となる見通しだ。例年、入試課で面接の配点調整をすれば帳尻が合っていたのだが、どうも今年は面接官が女子に甘すぎた。ちょっと非常事態でね、せっかくだから初の女性教授に英断を下してもらおうと思ったわけさ」

泰子は、封筒を遠くへ押しやりたい気持ちだった。

「私が、ですか」

目の前の相手から、タバコの煙が吹きかけられた。

「明日までに頼むね、城之内教授」

その晩、泰子は十八人の女子学生の名前と顔写真に目をやりながら、字の巧拙、誤字や脱字の有無、たった三行だけ書き込む志望動機欄の中身などを、何度も繰り返しチェックした。さすがに皆、よく書けていた。短い文章から、医師を目指す高い志が伝わってきた。一人、「医学部で学びたいこと」の記入欄で、「解剖学」を「解房学」と誤記している女子がいたのはひどく残念だった。

それぞれのポイントを、どのようにマイナス材料に仕立て、最終的に点数化したのかについては、覚えていない。合格レベルにある同点の女子学生たちから不合格者を創出し、結果的に不出来の男子学生を合格させることにつながるタスクは、ひどくつらくて屈辱的な仕事だった。

女というだけで、なぜ排除されるのか。

十三人の女子学生の入試結果を最終的に左右する事態に理不尽を感じ、自分の仕事を呪いながら、作業が遅々として進まなかったのを記憶している。これは不正入試だ——という思いとともに。深夜に始めた作業は、明け方までかかった。

入試に関わる特命を学長から受けたのは、これが最初で最後だった。

だがそれ以降も、中央医科大学の医学生の男女比が大きく変わることはなかった。

泰子は入試に関与する立場ではなかったため想像の域を出ないが、後年はより巧妙に、よりシステマチックに得点操作を行えるようになったのではないかと考えている。

もう一つ、はっきりと覚えていることがある。

入学志願書の志望動機欄に、「ブラックウェルに憧れて」と書いてきた女子学生がいたことだ。世界で初めて医師として認められた女性、エリザベス・ブラックウェルが、偏見や差別と闘いつつ医療に身を捧げた意義と自らの思いを簡潔につづっていた。この学生は不合格に回せなかった。

それから一年余りがたった一九九七年四月。入学式に出席した泰子は、丸森教務部長が五十音順に読み上げる新入生の氏名に驚いた。

「安蘭恵子……」

一度聞いたら忘れられない名前だった。

一人だけではなかった。前年度の入試で泰子が不合格にした十三人の女子学生のうち何人もが、立派にリベンジを果たして中央医科大学に入学してきたのだ。

そして翌一九九八年四月。医学部二年に進級した彼女たちが、泰子の指導する解剖学実習に臨むことになった。解剖の実習班を編成する作業をしている際に、泰子は心の奥で叫び声を上げた。

女子ばかり四人の班ができた。

——安蘭恵子、椎名涼子、長谷川仁美、坂東早紀。

この四人は、その名前も、入学志願書に貼られた写真の顔も志望動機欄の記述もよく覚えている。あの十八人のうち、泰子の手によって不合格の十三人に入ってしまった女子学生たちに間違いない。

そのとき、泰子は悟ったのだ。

女子が多いのを「偏っているから是正すべき」という認識こそが、「入試の不正操作」という悪事を招いた。実習の班編成で男女を操作するのと、入試で男女の操作をしたのとは、精神構造から見ると、まさに相似形だった。

だからこそ、彼女たち四人で決まった解剖実習班を、男女のバランスなどという名目で意図的に操作することを繰り返してはならない。

諸悪の根源は、「女ばかりでうまくいくはずがない」という思い込みであって、その結果として入試の不正がまかり通ってしまったに違いない。認識を変える証明をしたい。そのための第一歩が、女性の班でもまったく問題がないと示すことなのだ。二度と後悔しないためにも、そうすべきだと思った。

そして、いつか機会があるならば彼女たちに真相を打ち明けて謝罪しようと決意した。

しかし泰子が思いを形にするには、最終講義を終えて教授を退官するまで、二十年以上の歳月を必要としたのだった。

◇　◇　◇

四人は互いに顔を見合わせた。誰もが無言だった。

泰子は、口元に視線が注がれるのを感じた。

「言い訳でしかありませんが、当時は学長の命令に逆らえませんでした。その後、私は自分の行いを思い出すたびに、何度も吐きそうになった。そして、あなたたち四人が、あのときの受験生だったと知ったとき……私は運命に罰せられたことを知りました」

ひどい。ひどすぎる……という声が四人の間から漏れ聞こえる。

泰子はめまいを感じて、頭を振った。

「本当に、ひどいことをしてしまいました。だから私は、またしても女性だという理由で操作する行為をどうしても受け入れられなかった。これからは二度とそんなことがないようにという願いを実現するための小さな一歩、それが、せめて班編成に操作を加えないということで……」

突然、早紀がテーブルをたたく。

「そんな大学の行為は、絶対に許せない――」

拳を震わせている。

「医師になりたいと願うのは、男も女も関係ないのに」

「その通りよ、早紀。そして城之内先生は、二十年前からそれを実践しようとしてくださっていたのよ」

仁美が過去の記憶をたどるように目を細めた。

「私、先生のお気持ちがやっと分かりました。解剖学実習スタートの前日、この部屋で先生が教務部長と言い争っているのを聞いてしまったんです。女子班をなくすだけのために、男女間の操作は絶対にしないって、先生は何度もおっしゃられていました」

あのときの話を聞かれていた事実に泰子は驚いた。

「より多くの患者を救える医師になるため、医学知識や技術を身につけたい、地位や名誉も欲しい、そう願うのはいけないことでしょうか。それを女にあるまじき欲望のように冷笑され、あげくに排除されてうんざりしました」

医局員時代を思い出したのか、仁美の声がかすれている。

「つまり大学受験での差別は、私たちにとってはささいな始まりでしかなかったとも言えますね」

涼子の言葉を早紀が引き取った。

「社会貢献欲も個人的な欲も、あって当然。女だって一人の人間なのに」

「女には欲望がないというファンタジーのような世界観はいい加減、終わりにしてもらいたい」

涼子が肩をすくめた。恵子も大きくうなずく。

「一年の空白は、すごくショックです。済んだことは仕方がない——とも、すぐには割り切れません。ただ願うのは、私の娘が大人になったとき、女性であることがハンデにならないような世の中であってほしい。それだけです」

四人は、来たときと見た目は変わらぬ笑顔で教授控え室を出て行った。

果たして伝えるべきだったのだろうか？

四人を送り出したあと、泰子の心は少しも晴れなかった。

学長に命じられた業務とはいえ、自分が彼女たちを不合格にした行為は非情で、あまりにも救いがたい事実だった。

奪われた一年。その事実に改めて四人が向き合ったとき、どのような負の感情を抱くことになるだろうか。今後、不正入試操作の実行者として泰子自身が非難を浴び、軽蔑されるだけならまだいい。それよりも、医師として人生のスタートを切る前の時点から、こんな屈辱的な目に遭っていたという過去を知り、心の傷になりはしなかったかと危ぶんだ。

本当に罪深いことをしてしまった――。講義棟の地下深い解剖学教室の奥、教授控え室のドアを背にしゃがみ込み、泰子は立ち上がることができない。ただ祈るように、額の前で合わせた両手をきつく握りしめた。

# エピローグ　それぞれの宙返り

「もし社会が女性の自由な成長を認めないのなら、社会の方が変わるべきです」

（ブラックウェルの言葉）

──二〇二〇年元日

「これなーに？」

千尋が、お節料理の中に入っていたチョロギを手でつまんだ。

「チーちゃん、お手々はダメでしょ！」

恵子が叱ると、千尋が泣き出した。

夫が「ほら、こうやってお箸で。チーちゃんもできるかな〜」と誘導する。ところが紅色の酢漬けは、箸の先をすり抜けて床に落ちた。夫は指先で拾い上げ、口に放り込む。

「洗わずに食べないの！」

思わずカッとなった。どんなウイルスや細菌、あるいは寄生虫の卵が付着しているかも知れないのに。

朝のテレビでも、中国で原因不明の肺炎が流行しているというニュースを流していたではないか。ブカンとか何とかいう町の海鮮市場で二十七人の感染者が出たと。衛生的な生活と行動について、夫には何度も同じ注意をし続けてきた。妻のアドバイスがまったく伝わっていないのかと思うと、むなしくなる。

商社を辞め、卵ファームの事業に夢中だった夫は昨年十一月、「恵子と千尋のためだ」と言って、専業主夫になってくれた。けれど、前途は多難としか思えない。

「パパ、怒られてる〜」

千尋が夫を指差す。それに気づいた夫が泣きまねをすると、娘がケタケタと笑った。

一人で腹を立てているのが、ばからしくなる。

「ちょっとポストを見てくる。年賀状が来てるかも」

自分でも分かっている。

正月休みでせっかく家にいるのだから、家族ともっと楽しい時間を過ごさなければいけない、と。イライラするのは、自分自身に余裕がないからだ。仕事に追われて小さなミスが続き、育児や家事を手伝うのもままならない。一体自分は何をやっているのかと情けなくなる。

この年末も恵子は忙しく働いた。出産は盆も正月も関係なく、担当する新生児科のNICUもフル稼働だった。そして、やっとの思いで捻出した時間で書き上げた論文は、わずかな誤記が原因で医学雑誌から掲載を却下された。次の掲載まで一年も待たなくてはならない。指導してくれた上級医にも申し訳が立たず、自責の念が募った。もっともっと仕事に集中しなければ。

この夏には、この東京で、オリンピックが五十六年ぶりに開かれる。

今年は家族にとって、自分自身にとって、どんな一年になるのだろうか？　いずれにしても、がんばりどころの三百六十五日になることは間違いない。

郵便受けを確かめた。年賀状の束が届いていた。

玄関に座り込み、一枚一枚読んでいく。親戚と小学校時代の友達の賀状に続き、新聞社の社屋を大写しにした賀状があった。

「取材の節は、大変お世話になりました」と書かれている。

大日新聞「月刊証言者」編集部の原口記者だ。初めて会ったのは、もうおととしになる。城之内先生の紹介で、何度か仕事や家庭の話をした。

解剖班の、ほかのメンバーも取材されていたはずだ。三人とは城之内先生の最終講義のあと、以前ほどには会う機会を作れずにいた。急に気になり、はがきの束の中から探し始める。

仁美の年賀状が出てきた。地元に帰った仁美は昨年六月、不動産業の男性と結婚した。今は新婚生活を楽しんでいるはずだ。

「夫を説得して、クリニックの設備拡充を図りました。今年からウチでも白内障の日帰り手術ができます!」

手書きのメッセージから喜びが伝わってきた。手術が大好きな仁美が中央医科大学附属病院を辞めると決めたときは、見ている側がつらくなるほど憔悴《しょうすい》していたのに。

「よかったね」

恵子の口から思わず声が漏れる。

続いて涼子の賀状が現れた。なぜか地球儀のデザインだ。

「仕事は病院の中だけじゃない! 世界を駆けるエスコート・ドクターになりまーす。そして今年はイタリアとカナダに行く予定。新しい恋もするぞ〜」

涼子は昨年秋に、離婚をした。それでも早速、前向きなメッセージを書くなんて、涼子らしい。こちらまで元気になってくる。

早紀の年賀状には、几帳面《きちょうめん》な文字でびっしりと書き込みがあった。

「お元気ですか。父を介護施設に預けて、もう一度、循環器専門医を目指そうと思っています。父を施設に入れるなんて、もしかしたら間違っているのかもしれない。でも、やっぱり患者の命を救う最前線に立ちたいから」

翔君とお父さんのために転身してきた早紀が、再び循環器内科医として働く決意を固めたようだ。この書き方だと、研修できる病院をもう見つけてあるのだろう。恵子は、早紀の決断力と行動力をうらやましく思う。

みんな、ふわふわとした不確かな夢でなく、また、既成の価値観にとらわれることなく、新たな道を見つけ、確実に踏み出していた。

城之内先生が最後に伝えてくれた言葉がよみがえる。

——思い返してほしいの。患者の役に立つ人が医師なのだ、ということを。

——あなたたちがいる場所で、どんな医師がいればいいのか。それは自分で見つけていくしかない。

賀状の束を繰りながらハッとした。城之内先生からの一枚があったからだ。先生から初めてもらう年賀状だった。

「超低体重出生児の子を持つ親たちの会を立ち上げませんか？」

心が強く波打つのを感じた。

未熟児を持つ親は、子育て中も苦労が多い。けれど、なぜか明るくて、その強さに恵子は自分自身の方が救われていると感じることが少なくなかった。

その親の会を恵子が自らの手で作るというのは、とても魅力的でチャレンジングな企画だった。

城之内先生の、「自分を信じなさい」という言葉を思い出す。「間違った選択なんて、ない。自分がいいと思う生き方を選びなさい」と言ってくれた。

先生の言葉に従ってみたいと思った。

「ママ、お餅が焼けたよ〜」

背後で千尋の声がする。

「ハイハーイ、いま行くねー」

恵子は勢いよく立ち上がり、小走りでキッチンへ向かう。

そのときだ。

「恵子、大ニュースだぞ!」

廊下で恵子は夫と鉢合わせになり、年賀状の束を落としてしまった。

その場でタブレット端末の画面を見せられる。大日新聞のニュースサイトだ。

そこにはなんと、中央医科大学を巡る大きな記事がアップされていた。

「医学部不正入試　中央医大も認める」

二〇一八年以降、各大学が次々と不正を認め、第三者委員会などの調査結果を明らかにしていた中で、中央医科大学だけは入学試験で女子受験生に対する不正操作を行っていたことを頑として認めてこなかった。ところが、最終的に文科省による内偵で不正の事実が突き止められ、大学当局もようやく事実を認めた——と記事にはある。

「……他大学が早急な善後策を打ち出して体制の立て直しと信頼回復を図っている中で、長期にわたって不正入試の事実を隠蔽した中央医大のガバナンスには、大学の内外から批判の声が高まっている。都築浩学長（69）の進退問題に発展するのは避けられない見通しで、関係者によると、後任の学長候補には城之内泰子・同医大名誉教授（65）らの名前が挙がっている」

驚いて、記事を何度も読み直す。

間違いなかった。次の学長候補に城之内先生が選ばれようとしている。

ついに城之内先生が学長に——。

恵子は、心の底から興奮とも喜びともつかない感情が湧いてくるのを止められなかった。

それは、安堵とも言えるような思いだった。

「テレビのニュースでもやってるぞ！」

夫がリビングから大声で呼ぶのが聞こえる。

自分たちの母校は、女が女であるということで理不尽な扱いを受けることのない学び舎《や》に生まれ変わるのだ。その清々《すがすが》しさに、胸が軽くなる。

けれど——。

城之内先生は、受けないのではないだろうか？

過去の自分たちの一件に強い自責の念を抱いていた城之内先生だ。教授会や理事会、第三者委員会や世間がどのような動きを見せても、先生自身は栄えあるポストへの就任を固辞してしまうのではないか。恵子の胸の中で、そんな思いが次第に大きくなった。

「恵子、見なくていいのか？」

夫の呼び声が廊下にまで響いている。

しかし、まずはこのホットなニュースを、解剖班のみんなと分かち合おう。

私たちにとっては、候補になっただけでも意味のあること。大切な恩師の快進撃だ。

恵子は四人で作っているＬＩＮＥグループに第一報を書き込んだ。

――ブラックウェルにまつわる言葉に添えて――

**「なぜ、あなたは医学を勉強しないの？」**

一八四五年、二十四歳のエリザベス・ブラックウェルは、友からこう問われて衝撃を受けます。当時のアメリカでは、そもそも女性が医師になるという発想がなかったからです。子宮癌を患っていた友は、「あなたならできる。女のお医者さんがいてくれたら、私も少しは苦しみから救われたはずなのに……」と嘆き、やがて息を引き取りました。父を亡くし、家族の生活を支えるために教師をしていたブラックウェルにとって、この出来事が医学の道を志すきっかけとなりました。

しかしその挑戦は、彼女が女性であるという理由で第一歩から壁にぶち当たります。

**「我々の困難な職業に身を捧げようという、あなたの高邁な決意には敬意を表しますが、**

あなたに助力することはできません」

面会した医学校の学長には困惑顔で就学を断られ、願書を全米の学校へ送っても受理してもらえません。そんな中、ニューヨーク州の田舎町にあるジェニーバ医学校から通知が届きました。ただしそれは、人をばかにしたような入学許可でした。学校側が女子学生受け入れの可否を在校生の投票に付したところ、冗談半分で全員が賛成し、通ってしまったというのです。

一八四七年に入学を認められたものの、学校側からの差別的な扱いや同級生の嫌がらせを受け続け、解剖学や外科学の講座も「レディーにはふさわしくない」と聴講を許してもらえません。交渉の末に出席の許可を勝ち取ったブラックウェルは、解剖学の魅力についてこう述べています。

「手首の腱の美しさや絶妙な配置にふれ、私は芸術的な感動を覚え、畏敬の念を抱きました。解剖学は、それからも変わらず私の心を包み込みました」

ブラックウェルは毎朝五時に起きて机に向かいました。周囲は次第に彼女の努力を認め始めます。ところが町を一歩離れると、状況は変わりません。病院の研修では人一倍懸命に働いたものの、「女医なんか願い下げだ！」という患者の怒声を浴びました。同僚の男性医師にカルテを隠されるいじめにもあいました。後年の彼女は次のように記しています。

**「女性医師の前には、社会生活でも職場でも敵意に満ちた壁が立ちはだかります。それによって痛みを伴う異常な孤独に陥り、援助も敬意も、仕事に関する助言もないまま、彼女は置き去りにされるのです」**

一八四九年、ブラックウェルは医学の全課程を修了します。二十八歳、首席での卒業でした。卒業式には町中の人が詰めかけ、会場は割れんばかりの拍手に包まれたと伝えられています。

同じ年にブラックウェルはパリに渡り、病院で働きながら外科医としての修練を積みます。ところがある日、赤ちゃんのケア中、淋菌《りんきん》に汚染された洗浄液の飛沫《ひまつ》を浴び、左目を失明する不幸に見舞われます。ひどく落胆した彼女ですが、今度はアメリカで開業するという新たな目標を立てます。母への手紙にブラックウェルはこんな一文を残しています。

「人類の半数である女性は、やがてもう半分の男性と対等にみられる時代が遠からずこのアメリカに来るでしょう」

ニューヨークを拠点に定めたブラックウェルは一八五七年、「貧しい女性と子供のためのニューヨーク病院」を設立します。お金のない人、薬を買えない人も拒みません。診療には、ブラックウェルの後を追って医師になった妹をはじめとする女性たちが当たりました。彼女たちの存在は人々を驚かせましたが、病院の評判は徐々に広がって患者は増えていきました。当時として画期的な訪問診療も行いました。まさにそれが、ブラックウェルの信条でした。

「パイオニアになるのは簡単ではありません。でもそれは、なんて魅力的なこと！」

一八六一年に始まった南北戦争では傷病兵を救護する看護師の育成に努め、不衛生な状態がまかり通っていた軍の野営施設の環境改善にも貢献します。この功が認められた彼女は一八六四年、奴隷解放宣言で有名なリンカーン大統領とホワイトハウスで会見する栄誉を得ました。ブラックウェルは、感染症対策について高い識見と情熱を有していました。

今で言う公衆衛生学を見据えた論文「発疹チフスの原因と治療」を早くに著して実践にも努め、高く評価されました。

彼女の生涯を貫いた精神は次の言葉に集約され、現代の日本にこそ必要だと思うのです。

**「もし社会が女性の自由な成長を認めないのなら、社会の方が変わるべきなのです」**

〈主要参考文献〉

『世界最初の女性医師〜エリザベス・ブラックウェルの一生〜』(Rachel Baker著、大原武夫・大原一枝訳、日本女医会　二〇〇二年)

『PIONEER WORK IN OPENING THE MEDICAL PROFESSION TO WOMEN』(Elizabeth Blackwell, Humanities Press　二〇〇五年)

# 解説

吉田伸子《よしだのぶこ》
（書評家）

物語は、二〇一八年八月、中央医科大学教授・城之内泰子《じょうのうちやすこ》が、大日新聞の「月刊証言者」編集部・記者である原口《はらぐち》の訪問を受ける場面から始まる。折りしも、その月のはじめに、医学部の不正入試問題——女子学生を一律減点し、男子学生を合格させていた——が発覚したばかりで、原口はその件に関して泰子を訪ねて来たのだ。自分は入試委員会のメンバーではないので、と先んじて原口の依頼を断ろうとする泰子に、原口は言う。不正入試に関しては社会部が動いている。自分はこの問題には深いルーツがあると見ていて、それを明らかにしたく、医学部で教鞭を執っている女性教官に協力をお願いしている、と。

「なぜ女性医師は声を上げないんですか！　先生方は、現状に甘んじていらっしゃるわけですか！」

強い口調で泰子を煽った原口に、泰子は反論する。医療の世界にも男女差別があるのは指摘の通りだが、ではなぜ、女性の自分に尋ねるのか。「差別される側ではなく、差別する側の人間にこそ責任があり、そちらを糾弾するのが筋ではありませんか?」と。

だが、これは糾弾ではない、自分はただ現実を知りたいのだ、「長年にわたる女子差別が露見する中で、医学部に入学し、卒業して医師となった女子学生たちが、どのようなキャリアプランを掲げ、どのような思いで医療の道に踏み出し、それぞれに闘っているのか……。成功をおさめた方ばかりでなく、挫折を経験した方や、深い絶望から立ち直れなかった方もおられるはずです」という原口の言葉が泰子の心を動かす。そして思う。

「今、ようやく強者が弱者に耳を傾け始めたのだ、と」

「女であり、医師であるということで、どんな日々を過ごしているのかを彼らに語ろう」

そこで泰子が手にしたのは、「白菊会」の年次報告書に自分が書き記したページで、そこには解剖学実習で優秀な成績を収めた四人の女子学生——長谷川仁美《はせがわひとみ》、坂東早紀《ばんどうさき》、椎名《しいな》涼子《りょうこ》、安蘭恵子《あらんけいこ》——の名前があった。物語は、この四人の女子学生の現在と、解剖学実習を行なっていた過去が描かれていく。

第一章では、職場で倒れ、そのまま勤務先の病院に入院した涼子を、仁美、早紀、恵子が見舞いにやって来る場面が描かれている。解剖学実習で同じ班だった彼女たち四人は、一九九六年の一般入試不合格、翌九七年に合格、という浪人組でもある(涼子は九五年も受験しているため、二浪)。恵子は勤務先の病院で新生児科の副部長になっている。早紀は現在はフリーの健康診断医に。仁美は母校の附属病院で、腕の立つ眼科医として名を馳せている。それぞれ進んだ道は違えど、今でも交流がある大事な仲間であることが明らかになる。

第二章からは、仁美、早紀、涼子、恵子の順で語られていく。女性で、医師である、という共通項はあるものの、それぞれの立ち位置や私生活は重ならない。大学附属病院でばりばりと働く仁美。フリーランスの健康診断医として人材派遣会社に登録している早紀。地域密着の中規模病院の救急科に勤務していたものの、救急科の廃止に伴い、エスコート・ドクターの道を歩み始める涼子。医療センターの新生児科の副部長であり、NICUのチーフを務める恵子。彼女たちのドラマは、医師という職業の特殊性はあれど、ごく普通の、「四十歳の大台に乗った」女性のドラマでもある。そこがいい。

同時に、彼女たちが「医師」であることはやはり、本書の鍵にもなっている。人の命にかかわる仕事をする、というのがどういうことなのか、どれくらいの責任感と緊張を強いられるものなのか。そのことが伝わってくるからこそ、医師としての顔と一人の女性としての顔、その対比がぐっとリアルに迫ってくるのだ。

仁美は四人の中でただ一人未婚で、それだけ仕事一筋で生きてきた。技術も磨いてきた。その努力は、白内障外科手術班《オペチーム》のリーダーになることで報われるはずだったのに、リーダーに選ばれたのは、一年後輩の、しかも自分より手術が下手な男性医師だった。納得できない人事に対し、仁美は十年以上ともに仕事をしてきたリーダーに、自分が選ばれなかった理由を問い質す。リーダーの返事は、「だって、長谷川先生は生休《せいきゅう》を取るでしょ?」だった。

この時の仁美の絶望は、同性の読者ならリアルに理解できると思う。自分の人生の真ん中に仕事を置き、仕事のために全てを注いできたのは、女性である理不尽を突きつけられるためだったのか、と仁美の歯噛みする想いが胸に突き刺さる。この絶望をきっかけに、医師となって十五年、ひたすらに走り続けてきた仁美はその足を止めてみることに。

四人の中でもっとも優秀だった早紀は、学生時代に結婚、出産。その後離婚を経て、今はシングルマザー。仁美からは「人生を思い通りに泳いでる」と賞賛されるものの、健診断医というのは「未熟な医師でも働けるという点から、臨床医にとって最底辺の職場に位置づけられている」ことを、早紀自身が実感している。

早紀が循環器内科医としてのキャリアを積む道を諦め、市中病院で週三日のパート勤務を選択したのは、子育てと睡眠時間を得るためで、その後、今の仕事に就いたのは、父親の介護のためだった。この、早紀の介護の日々が、読んでいて胸が詰まる。けれど、作者は、仕事と介護の日々で早紀がぼろぼろになっていく姿だけを描くのではない。そんな日々のなかにも訪れる、ささやかだけど、尊い一瞬も描くのだ。そこにあるのは、今現在、早紀のように仕事と介護で頑張っている人へのエールでもある。

涼子と恵子が抱えているのは、仕事上の問題だけではない。二人には夫婦間の問題もある。涼子の夫は同じ病院で麻酔科に務める晴臣《はるおみ》だが、涼子の救急科も晴臣の麻酔科も閉鎖されることになってしまった。それ以前から、晴臣は結婚の解消を一方的に申し出て、家を出てしまっていて、涼子は公私ともに岐路に立っている。

恵子の夫は、商社を脱サラして自然派農場の経営パートナーとなったものの、高級志向にシフトした製品の売れ行きがはかばかしくない。そのことでいらつくことも多く、恵子は仕事でも家庭でも緊張が続く日々を送っている。そんな折り、恵子の身体に異変が起きる……。

涼子にしろ、恵子にしろ、夫との関係というのは、働く女性が直面する最も切実な問題の一つでもある。この二人が選んだ答えは、同世代の働く既婚女性にとって、一つのケースとして参考にもなるはずだ。

最終章の第六章で描かれるのは、冒頭に登場し、彼女たち四人の引き合わせ役となった泰子だ。彼女の最終講義を聴講しに来た四人に、泰子は自らの過去の秘密を明らかにするのだが、その秘密を抱えつつも、いや、その秘密があったからこそ、男性が優位な医学という分野で、しなやかに闘ってきた泰子の強さが立ち上がってくるのがいい。そのことは、最終講義で、泰子が締めくくりの前に語った言葉にも表れている。

「Medical Boys, please be honest. And my dear Girls, you should be brave! 男性医師たちよ、どうぞ偽りなく誠実に。そして親愛なる女性医師たちよ、勇敢であれ！」

これ、Medical という言葉を取り去ると、全ての男性と女性のための言葉にもなるのが本当に素晴らしい。そして、Girls の前に付けられた「my dear」に込められた泰子の、ひいては作者の想いには、目頭が熱くなってしまう。

本書のエピローグは、二〇二〇年の元日だ。二年後の四人が、そして泰子がどんな道を歩んでいるのかは、ぜひ実際に本書を読まれたい。彼女たちがそれぞれの道を進んでいく姿こそ、働く女性にとっての希望でも、ある。

最後に、タイトルにもなっているブラックウェルについて。ブラックウェルとは、本書の冒頭部分にも書かれているが、世界で初めて医師として認められた女性＝エリザベス・ブラックウェルのこと。今よりもはるかに女性が生きづらかったであろう時代に、強い意志と覚悟を持って医療に従事した彼女の言葉が本書の巻末に綴られている。

なかでも「彼女の生涯を貫いた精神は次の言葉に集約され、現代の日本にこそ必要だと思うのです」と作者が言葉を添えたのは、「もし社会が女性の自由な成長を認めないのなら、社会の方が変わるべきなのです」というもの。ブラックウェルのこの言葉が、今の今、性差に抗い、闘っている、全ての女性たちにとっての灯火となりますように。

二〇二〇年七月　光文社刊

光文社文庫

ブラックウェルに憧《あこが》れて　四《よ》人《にん》の女性《じょせい》医師《いし》

著者　南《みなみ》　杏《きょう》　子《こ》

2023年1月20日　初版1刷発行

発行者　三　宅　貴　久
印　刷　堀　内　印　刷
製　本　フォーネット社

発行所　株式会社　光　文　社
〒112-8011　東京都文京区音羽1-16-6
電話（03）5395-8149　編　集　部
8116　書籍販売部
8125　業　務　部


ISBN978-4-334-79479-8　Printed in Japan



組版　萩原印刷